Karl Olsberg

Das Dorf *interaktiv:*
Nanos Abenteuer

Ein Abenteuer-Spielbuch
in der Welt von Minecraft

Gewidmet Steve Jackson,
dem Pionier der Abenteuer-Spielbücher

Einige Dorfbewohner

Nano ist ein Junge, der im Dorf am Rand der Schlucht lebt. Er träumt davon, ein großer Abenteurer zu werden wie sein Vater Primo. In diesem Buch schlüpfst du in Nanos Rolle.

Maffi ist die Tochter von Primos bestem Freund Kolle. Nano findet sie eigentlich ganz nett, außer, wenn sie nervt.

Primo ist Nanos Vater und offizieller Dorfbeschützer. Meistens ist er damit beschäftigt, das Dorf vor den Gefahren zu retten, die er selbst heraufbeschworen hat.

Magolus ist der Dorfpriester. Er selbst nennt sich „Oberster Hohepriester von Allen". Er ist ein bisschen eingebildet und faul, aber nicht bösartig – im Gegensatz zu seiner Gehilfin Birta, die ganz schön streng und fies sein kann.

Ruuna ist eine freundliche Hexe, die mit ihrem Freund Willert im Wald lebt. Sie richtet gern Chaos an, aber sie braut auch Zaubertränke, die, wenn sie nicht gerade explodieren, sehr nützlich sein können.

Asimov ist ein Golem, der das Dorf vor Monstern beschützt. Seit Ruuna ihm einen Zaubertrank an den Kopf geworfen hat, kann er denken und sprechen, was er aber gar nicht so toll findet.

Paul, der Wolf, ist Nanos bester Freund. Die beiden geraten oft in Schwierigkeiten, vor allem, wenn sie im Haus herumtoben oder Jagd auf Pauls Erzfeindin, die Katze Mina, machen.

In diesem Buch bist du der Held!

Dieses Buch kannst du nicht wie andere Bücher einfach von vorn nach hinten durchlesen. Stattdessen ist es in 333 nummerierte Abschnitte unterteilt. Am Ende jedes Abschnitts musst du dich entscheiden, was du tun würdest, wenn du an Stelle des jungen Minecraft-Dorfbewohners Nano wärst.

Hinter jeder Entscheidungsmöglichkeit steht eine Zahl. Je nachdem, welche Entscheidung du triffst, blätterst du einfach zu dem Abschnitt mit der entsprechenden Nummer und liest dort weiter. Auf diese Weise kannst du dein ganz persönliches Abenteuer erleben. Aber Vorsicht: Überlege genau, welchen Weg du wählst, denn in Minecraft lauern überall Gefahren!

An einigen Stellen musst du würfeln, um herauszufinden, wie es weitergeht. **Besorge dir also bitte einen Würfel, bevor du beginnst.**

Wenn du beim Spielstart in Minecraft (PC-Version) den „Startwert für den Weltgenerator" 100200300400500 eingibst, kannst du die Welt des kleinen Dorfs am Rand der Schlucht selbst erkunden. Die Koordinaten für alle Orte, die in diesem Buch vorkommen, findest du in der Tabelle am Ende des Buchs.

Jetzt wünsche ich dir viel Vergnügen mit Nanos Abenteuer!

Kapitel 1: Pixel

„Raus!", ruft Mama wütend. „Raus mit euch allen!"

Sie regt sich mal wieder auf, bloß weil du mit Paul, dem Wolf, Fangen gespielt hast, während sie das Haus putzt. Dabei ist doch bloß ein einziger Eimer Milch umgefallen. Muss man deswegen so einen Aufstand machen?

➢ Du gehorchst und gehst mit Paul nach draußen → 118

➢ Du widersprichst → 5

2

„Gandi wird eure beiden Clans in Frieden vereinen!", verkündest du.

Die Pilzsucher rufen: „Hurra! Es lebe Gandi!". Doch die Kampfgrunzer quittieren das mit empörten Rufen.

„Was, der Feigling?", grunzt Zoff.

„Ich geb dir gleich Feigling!", erwidert Gandi.

➢ Weiter → 207

3

„Ich hab's nicht so gemeint", sagst du, als du merkst, dass Gandi nicht unbedingt begeistert von der Vorstellung zu sein scheint, dass du sein neuer Clanführer wirst.

„Hast du denn einen anderen Vorschlag?", fragt er.

„Ja, den hab ich", erwiderst du.

➢ Weiter → 242

4

Du kehrst mit Paul nach Hause zurück. Kaum trittst du durch die Tür, ruft Mama: „Gut, dass du kommst. Das Essen ist gleich fertig. Setz dich schon mal an den Tisch."

Dabei wolltest du doch eigentlich nur kurz den Wolf abliefern, um dann wieder zum Teich zurückzukehren. Doch so sehr du auch bittest und bettelst, Mama bleibt unbarmherzig.

Als du später zum Teich zurückkehrst, sind Maffi und Pixel verschwunden. Der Rest des Tages verläuft langweilig. Du fragst dich, was passiert wäre, wenn du dich anders entschieden hättest ...

Dein Abenteuer ist nun zu Ende.

➢ Noch einmal von vorn anfangen → 1

5

„Musst du so einen Aufstand machen, bloß weil ein einziger Eimer Milch umgefallen ist?", fragst du.

Mama sieht dich an wie ein Knallschleicher kurz vor dem Explodieren. „Was erlaubst du dir eigentlich!", brüllt sie. „Warte, bis Papa nach Hause kommt, dann kannst du was erleben!"

Besser, du provozierst sie nicht noch mehr. Du hebst beruhigend die Hand.

„Schon gut, wir wissen, wann wir unerwünscht sind. Komm, Paul, wir gehen!"

„Aber bleibt nicht so lange, es gibt bald Mittagessen. Und mach nicht wieder deine Kleidung dreckig!"

„Ja, Mama."

➤ Weiter → 68

6

Verzweifelt siehst du dich um und entdeckst eine Öffnung in dem rötlichen Stein. Ohne lange nachzudenken rennst du hinein, gefolgt von Maffi und Pixel. Das fliegende Monster jammert, als sei es traurig, dass du nicht mit ihm spielen willst. Zum Abschied schießt es noch einen Feuerball ab, der dicht hinter euch explodiert.

Mit Mühe und Not entkommt ihr in den Schutz der Höhle, doch plötzlich hörst du vor dir ein vielstimmiges Grunzen, aus dem undeutlich Worte herauszuhören sind: „Eindringlinge!", „Der Feind greift an!", „Niederträchtige Pilzsucher!"

➤ Weiter → 284

7

„Gandi!", rufst du. „Er ist viel netter als du, und mutiger und stärker ist er auch!"

„Waaas, Gandi?", ruft Zoff wütend, während Gandi erschrocken grunzt: „Waaas, ich?"

„Na schön!", ruft Zoff. „Dann schlage ich ihm eben selbst den Kopf ab, und dieser Streit ist ein für alle Mal geklärt." Damit stürzt er mit gezogenem Schwert auf seinen Erzfeind los.

„Besten Dank auch!", sagt Gandi sarkastisch und zieht ebenfalls sein Schwert, um sich zu verteidigen.

Umringt von den anderen Zombie-Pigmen kämpfen die beiden Kontrahenten verbissen miteinander. Sie scheinen beide ungefähr gleich stark zu sein.

Würfle einmal! Wie lautet das Ergebnis?

➢ Eins, zwei oder drei → 58

➢ Vier, fünf oder sechs → 246

8

Du findest ein Buch mit dem Titel „Die hundert besten Tricks und Cheats für Minecraft".

Was soll denn bitte „Minecraft" sein?!? Du beschließt, keine Zeit mit solchem Unsinn zu verplempern.

➢ Du suchst weiter → 108

➢ Du fragst Nimrod, den Bibliothekar → 258

9

Auf deinen Vorschlag, in den Teich zu springen, tippt sich Maffi an die Stirn. „Damit ich Ärger mit Mama kriege, weil ich meine Sachen schmutzig gemacht habe? Kommt nicht infrage! Spring du doch, wenn du unbedingt willst!"

„Na gut", sagst du, „vielleicht können wir es irgendwie dort herauslocken."

➢ Weiter → 316

10

Du folgst Pixels Rat und versuchst, den heranhüpfenden Würfel zu streicheln. Das Monster macht einen gewaltigen Satz, springt auf dich und begräbt dich unter seiner gewaltigen Masse.

Dein Abenteuer endet hier. Wenn du willst, kannst du ausprobieren, was passiert wäre, wenn du dich anders entschieden hättest.

➢ Zurück zum Anfang des Kapitels → 140

11

„Lasst uns nach Sonnenuntergang hier treffen", schlägst du vor. „Dann schleichen wir uns zur östlichen Wiese. Dort gibt es einen kleinen Lavateich, aus dem können wir Obsidian gewinnen und ein Netherportal bauen."

Maffi und Pixel sind einverstanden. Rasch läufst du nach Hause, wo du Ärger mit deiner Mutter bekommst, weil das Mittagessen längst kalt geworden ist. Ungeduldig wartest du, bis die Sonne untergeht.

Nachdem Mama und Papa eingeschlafen sind, schleichst du dich aus dem Haus zurück zur Höhle. Maffi ist bereits da.

„Na endlich!", sagt sie. „Wie kommen wir jetzt am besten zur Ostwiese?"

Was antwortest du?

➢ „Wir schleichen uns durchs Dorf" → 122

➢ „Wir gehen querfeldein" → 294

12

„Hallo?", rufst du. „Ist da wer?"

Das Grunzen verstummt. Ein Zombie-Pigman tritt dir entgegen. „Oh, ein Fremder!", ruft er aus. „Komm doch herein. Wir sind gerade dabei, die Heilige Suppe zu teilen." Er führt dich ins Innere der Höhle, wo ein Dutzend Zombie-Pigmen versammelt sind, darunter auch mehrere kleine Kinder. Sie reichen einander eine Schale mit Suppe, die so ähnlich aussieht wie die Pilzsuppe, die deine Mutter immer kocht, aber irgendwie anders riecht, und nehmen jeder einen Schluck davon.

➢ Weiter → 164

13

„Gib mir die Sachen aus der Kiste!", befiehlst du.

Asimov guckt dich mit seinen rot leuchtenden Augen überrascht an.

„Hm. Porgo hat mir ausdrücklich eingeschärft, dass ich niemanden an die Kiste lassen darf, der das Passwort nicht kennt. Er hat mir nicht gesagt, dass niemand die Sachen in der Kiste haben darf. Ich kenne das Passwort, also darf ich an die Kiste. Porgos Anweisungen stehen deinem Befehl nicht ausdrücklich entgegen, also muss ich ihn befolgen, auch wenn ich sicher bin, dass ich dafür wieder Ärger bekomme. Egal, Ärger bekomme ich sowieso. Hier hast du den Krempel."

Asimov drückt dir Spitzhacke, Schwert und Feuerzeug in die Hand.

„Danke, Asimov!", sagst du.

„Keine Ursache", grummelt der Golem. „Ich hab's bloß getan, weil meine blödsinnige Programmierung mir nichts anderes erlaubt."

Rasch läufst du mit deiner Beute zurück zu Pixels Versteck.

➢ Weiter → 296

14

Vorsichtig trittst du in die Dunkelheit der Höhle. Aus dem Inneren hörst du mehrstimmiges Grunzen. Was nun?

➢ Du schleichst dich leise an → 290
➢ Du rufst "Hallo" → 12

15

Vorsichtig gehst du tiefer in die Höhle. Bald ist es so dunkel, dass du kaum noch die Hand vor Augen sehen kannst. Das bedrohliche Klappern des Knochenmannes kommt immer näher.

➢ Du gehst weiter → 303
➢ Du kehrst lieber um → 238

16

„Mach dir keine Sorgen", sagst du. „Diesen aufgeblasenen Zoff verhaust du doch mit Links! Und wenn du das tust, finden dich die Pilzsucher automatisch nett."

„Pah, das schaffe ich nie!", widerspricht Pixel. „Der haut mich in Stücke!"

Du seufzt, als du erkennst, dass du so nicht weiterkommst.

➢ Weiter → 50

17

„Hallo Asimov!", sagst du. „Was soll das denn heißen, Zugriff ohne Passwort untersagt?"

„Das heißt, dass niemand etwas aus der Truhe nehmen darf, der das Passwort nicht kennt", erwidert der Golem

Was tust du?

➢ Du versuchst, das Passwort zu erraten → 28

➢ Du nimmst die Gegenstände trotzdem aus der Truhe → 78

➢ Du fragst, was geschieht, wenn du etwas nimmst → 132

➢ Du fragst Asimov nach dem Passwort → 153

18

Du lieferst dir einen heftigen Kampf mit Haudruff, der sich jedoch als geschickter und stärker herausstellt. Schließlich bleibt dir nichts anders übrig, als dich zu ergeben. Kurz darauf kommt ein ganzer Trupp weiterer Zombie-Pigmen in die Höhle. Sie umringen euch mit gezogenen Waffen, so dass jede Flucht unmöglich ist.

➢ Weiter → 96

19

Während Paul immer noch bellt, sitzt das Ferkel zitternd unter einem Überhang auf der anderen Seite des Teichs, wo man es nicht erreichen kann, und quiekt ängstlich.

„Na toll!", schimpft Maffi. „Und wie sollen wir Pixel jetzt wieder da rauskriegen?" Sie funkelt dich wütend an.

➢ Du versuchst, das Ferkel zu retten → 112

➢ Du gehst einfach weg → 197

20

Du rennst zu dem Ferkel, das leblos da liegt. Das arme Tier kann den Blitzschlag unmöglich überlebt haben!

Doch da erhebt sich der halb zerstörte Körper des Ferkels plötzlich auf seine Hinterbeine. Grauen packt dich bei seinem Anblick: Pixels Haut ist an manchen Stellen grün und verwest wie die eines Nachtwandlers, und Knochen ragen daraus hervor. Hinter dir stößt Maffi einen Schrei des Entsetzens aus.

➢ Weiter → 94

21

„Tut mir leid, aber ich muss leider deinen Kopf abschlagen, damit ich ihn Zoff bringen und meine Freunde retten kann", sagst du, springst auf und ziehst dein Schwert.

„Ruhig Blut, junger Freund", sagt Gandi. „Wir wollen keinen Streit mit dir!"

Wie reagierst du?

➢ Du greifst Gandi trotzdem an → 249

➢ Du fragst Gandi, was du tun sollst → 306

22

Vorsichtig beugst du dich über den Rand der Schlucht. Ein kalter Schauer läuft dir über den Rücken, als du in die Tiefe starrst. Die Vorstellung, dort hineinzufallen, lässt dich zurückschrecken.

Wieder hörst du das Quieken und Lachen. Paul bellt aufgeregt. Du beschließt, dem Geräusch zu folgen.

➢ Weiter → 109

23

Du siehst Pixel eine Weile zu, wie er fröhlich in der Lava herumplantscht.

„Ach, das hat gut getan", schwärmt der Zombie-Pigman, als er endlich herauskommt. „Solltet ihr auch mal probieren!"

„Ein andermal", sagst du. Dann schüttest du den Eimer Wasser in die Lava, die daraufhin zu schwarzem Obsidian erkaltet.

„He! Was machst du mit meinem Schwimmbad!", beschwert sich Pixel.

Du ignorierst seine Proteste. Mit der Diamantspitzhacke schlägst du vierzehn Obsidianblöcke heraus, die du zusammen mit Maffi und Pixel zu einem fünf Blöcke hohen und vier

Blöcke breiten Rechteck anordnest. Schließlich aktivierst du das Portal mit dem Feuerzeug. Ein violettes, waberndes Leuchten erscheint, und ein dumpfes Brummen ertönt. Das Netherportal ist fertig!

➤ Weiter → 292

24

Porgo legt die fertige Spitzhacke in eine Truhe und nimmt dafür eine Axt heraus, die er vorher geschmiedet haben muss.

„Die muss ich schnell zu Willert bringen, er hat sie bei mir bestellt. Und du gehst jetzt am besten ins Haus. Das Mittagessen wartet!"

Damit verschwindet dein Großvater.

Was tust du?

➤ Du gehst ins Haus → 181

➤ Du öffnest die Kiste → 55

25

„Ich wollte dir ein wenig beim Schmieden zusehen", sagst du, während dein Blick auf die Spitzhacke fällt, die dein Großvater gerade herstellt. Ihre Spitzen glitzern und funkeln wie von Diamanten.

„Ist das etwa eine Diamantenspitzhacke?", fragst du.

Porgo nickt. „Ich will sie deinem Papa zum Geburtstag schenken. Aber nicht verraten!"

„Die ist aber schön!", sagst du. „Kannst du mir auch so eine machen?"

Porgo lacht. „Später vielleicht, wenn du groß bist."

Wenn du groß bist, wenn du groß bist ... Alle sagen das immer, obwohl du schon fast ein richtiger Mann bist. Das nervt!

➢ Weiter → 24

26

Auf dem Weg ins Dorf überlegst du, was du alles besorgen musst, um in den Nether zu reisen. Was war das noch gleich?

➢ Eine Diamantenspitzhacke, eine Schaufel, ein Feuerzeug und ein Schwert → 160

➢ Ein Schwert, eine Diamantenspitzhacke, eine Schaufel und einen Eimer → 192

➢ Einen Eimer, ein Schwert, ein Feuerzeug und eine Diamantenspitzhacke → 39

➢ Ein Feuerzeug, eine Diamantenspitzhacke, einen Eimer und eine Schaufel → 185

27

„Du musst keine Angst haben", versuchst du den Priester zu beruhigen. „Das ist nur Pixel. Er wurde vom Blitz getroffen, aber sonst ist er harmlos."

„Angst? Ich?", fragt Magolus. „Ich habe niemals Angst! Aber harmlos oder nicht, ich dulde keine Monster in meinem Dorf! Und außerdem dürft ihr beide um diese Zeit überhaupt nicht hier draußen herumlaufen!"

Er verscheucht den armen Pixel, der quiekend in die Dunkelheit flieht. Dann schleift er dich am Arm nach Hause, wo du einen Riesenärger mit Mama und drei Tage Stubenarrest bekommst.

Dein Abenteuer ist hier zu Ende. Wenn du willst, kannst du ausprobieren, was passiert wäre, wenn du dich anders entschieden hättest.

➢ Zurück zum Anfang des Kapitels → 296

28

Du überlegst, welches Passwort dein Großvater wohl gewählt haben könnte.

Was sagst du?

➢ „Primo" → 57

➢ „Ruuna" → 60

➢ „Nano" → 208

➢ „Golina" → 276

➢ „#P6r%qkwS09lPZ" → 278

➢ „Passwort" → 266

29

Du schaffst es, dem Nachtwandler einen Schlag zu versetzen, doch er ist noch nicht erledigt und greift dich umso wütender an.

Würfle ein zweites Mal. Welche Zahl liegt oben?

➤ Eine Eins oder Zwei → 169

➤ Eine Drei oder mehr → 69

30

„Los, weg hier!", rufst du und rennst zurück in Richtung Steilhang.

Doch bevor du ihn erreichst, kommen aus einer Höhle mehrere Zombie-Pigmen auf dich zu.

„Ergreift die Fremden!", grunzt einer von ihnen.

Bevor ihr es verhindern könnt, packen jeweils zwei der Zombie-Pigmen jeden von euch und zerren euch den Steilhang hinauf, nach rechts und in eine Höhle, in der bereits weitere Zombie-Pigmen warten.

➤ Weiter → 127

31

Die Zombie-Pigmen sind eindeutig in der Überzahl, also ergreifst du lieber die Flucht.

„Und, wo ist der Kopf von Gandi?", fragt Zoff, als du kleinlaut zu ihm zurückkehrst.

„Tut mir leid, aber ich ... ich konnte nicht ..."

Die Kampfgrunzer zerren dich zurück zu ihrer Höhle, wo Maffi und Pixel angstvoll auf deine Rückkehr warten. „Opfert die Fremden!", ruft Zoff.

➤ Weiter → 330

Der Feuerball schlägt in unmittelbarer Nähe ein. Die Wucht wirft dich um, und das Feuer versengt dir Haut und Kleidung. Au, das tut weh!

Was tust du?

➢ Du kämpfst weiter → 235

➢ Du ergreiftst die Flucht → 6

33

Diesmal nimmst du Anlauf und wirfst den Stock mit aller Kraft. Er fliegt in hohem Bogen über die Wiese ... und landet in der Schlucht! Paul jagt dem Stock nach. Du siehst mit Grausen, wie er auf die Schlucht zu rennt, doch im letzten Moment hält er an, bleibt am Rand des Abgrunds stehen und bellt.

Es scheint, als sei der Wolf erstmal abgelenkt, so dass du dich jetzt um das Schweinchen kümmern kannst.

➢ Weiter → 98

34

„Er will Suppe kochen, glaube ich."

„Magolus?", fragt Birta misstrauisch. „Der kann überhaupt nicht kochen. Ich meine, er hat gar keine Zeit für sowas, schließlich ist er ein viel beschäftigter Mann. Ich glaube, du lügst mich an! Am besten, wir reden mit deiner Mutter darüber."

Nein, alles, nur das nicht! Doch Birta ist unerbittlich. Sie zerrt dich nach Hause, wo du schließlich alles erzählst.

Natürlich erlauben dir deine Eltern nicht, ein Netherportal zu bauen und Pixel in den Nether zu begleiten.

Dein Abenteuer ist nun zu Ende.

➢ Zurück zum Anfang des Kapitels → 105

35

Vorsichtig kletterst du in die Höhle. Du erkennst in der Finsternis nur die Umrisse von Pixel.

„Was ist denn los?", fragst du.

„Ein Mmmmonster!", ruft der Zombie-Pigman.

Seltsam, du hörst weder das Stöhnen eines Nachtwandlers noch das Klappern eines Knochenmanns, und auch nicht das bedrohliche Zischen eines Knallschleichers.

„Wie sieht es denn aus, das Monster?", fragst du.

„Ganz fürchterlich!", antwortet Pixel mit zitternder Stimme. „Es hat böse Augen und ein schreckliches gelbes Maul."

➢ Du siehst dir das Monster selber an → 120

➢ Du rufst Pixel zu, dass er sofort fliehen soll → 327

36

„Jetzt, am hellen Tag?", fragt Maffi. „Und wenn die Erwachsenen uns sehen?"

➢ „Du hast recht, wir sollten lieber noch warten." → 11

➢ „Ach was, uns sieht schon keiner!" → 226

37

Du zückst das Schwert und stürzt dich auf das achtbeinige Monster.

Würfle einmal! Welche Zahl liegt oben?

➤ Eine Zwei oder mehr → 154

➤ Eine Eins → 259

38

„Du bist überhaupt nicht schwach und ängstlich!", behauptest du.

„Bin ich doch!", erwidert Pixel. „Ich bin der größte Angsthase und Schwächling im ganzen Nether!"

➤ „Nein, bist du nicht!" → 277

➤ „Na und?" → 302

39

Ein Eimer, um Wasser über die Lava zu gießen und so den Obsidian zu erzeugen, aus dem das Tor gebaut wird, logisch. Eine Diamantenspitzhacke, um ihn abzubauen. Ein Feuerzeug, um das Portal zu aktivieren. Nicht zu vergessen ein Schwert, um sich der unglaublich vielen fiesen Monster zu erwehren, die auf der anderen Seite lauern. Ja, das müsste es eigentlich sein.

Am besten, du besorgst diese Dinge der Reihe nach, angefangen mit dem Eimer. Aber wo kriegst du einen her?

➤ Du guckst in der Kirche nach → 295

➤ Du gehst nach Hause → 202

„Klar ist das schwierig, aber ich bin ein echter Krähenfuß, und Krähenfüße kriegen alles hin!", behauptest du.

„Was ist ein Krähenfuß?", fragt Pixel.

„Das sind tapfere Krieger, die auf dem Mond leben und Federn am Kopf tragen", erklärst du. „Und ich bin einer von ihnen und habe sogar eine dreiköpfige Schlange besiegt!"

Maffi tippt sich an den Kopf, obwohl es stimmt.

„Also los, lass uns die Sachen besorgen, die wir für das Netherportal brauchen", sagst du.

➢ Weiter → 255

Vorsichtig schleicht ihr euch zu dritt die Dorfstraße entlang. Als ihr an der Kirche vorbei kommt, geht die Tür auf und Priester Magolus tritt hinaus. Als er Pixel erblickt, macht er das Zeichen des Heiligen Würfels.

„Was für eine Ausgeburt des Nethers ist das?", ruft er entsetzt.

Was antwortest du?

➢ „Keine Angst, Magolus, das ist bloß Pixel. Er ist harmlos."
→ 27

➢ „Das ist ein schreckliches Monster aus dem Nether! Hilf uns, Magolus!" → 210

„Er will heiliges Wasser machen, hat er gesagt", behauptest du.

„Heiliges Wasser? Was soll das denn sein?", fragt Birta misstrauisch.

„Das hat er nicht gesagt", erwiderst du. „Ich soll ihm bloß den Eimer voller Flusswasser bringen."

„Na gut, wenn der Oberste Hohepriester von Allen es sagt, dann musst du es natürlich sofort tun!", sagt Birta und gibt dir den Eimer. „Hier, beeil dich! Und pass auf, dass du nichts verschüttest!"

Rasch läufst du aus der Kirche.

➤ Weiter → 161

„Du hast so wunderschöne Augen", flüsterst du Pixel zu.

„Findest du?", fragt Pixel.

„Nicht du!", korrigierst du schnell. „Gandi! Sag ihm, dass er schöne Augen hat!"

„Gandi, du hast schöne Augen!", sagt Pixel.

„Was?", ruft Gandi empört. „Du behauptest, ich hätte schöne Augen, dabei hast du sie noch nie angesehen! Sonst hättest du nämlich gemerkt, dass ich nur noch ein Auge habe, weil das andere vor einiger Zeit weggefault ist!"

„Ach so. Hm, ja, stimmt", gibt Pixel zu.

„Lügner!", schimpft Gandi.

„Schon gut, ich hab's nicht so gemeint", sagt Pixel. „Ich finde dein eines Auge ehrlich gesagt ziemlich hässlich. Aber ich würde gern bei euch bleiben, und deshalb habe ich das gesagt, weil ich hoffte, dass du mich dann nett findest."

„Das ist aber nett von dir!", sagt Gandi.

➢ Weiter → 138

44

„Ich glaube, das ... das Ding stammt aus dem Nether!", rufst du entsetzt. „Mein Vater hat mir davon erzählt. Zombie-Pigmen heißen diese Wesen, glaube ich. Sie haben ihn gefangengenommen und wollten ihn irgendeinem Feuergott opfern. Vielleicht ist dieses Monster aus dem Nether gekommen, um uns zu holen!"

„Unsinn!", widerspricht Maffi. „Das ist doch Pixel! Ich gebe zu, er sieht ziemlich unheimlich aus. Aber aus dem Nether ist er jedenfalls nicht."

Du ärgerst dich ein bisschen, dass Maffi anscheinend weniger Angst vor dem unheimlichen Ding hat als du.

„Bleib dicht bei mir!", rufst du ihr zu. „Wenn das Monster angreift, beschütze ich dich!"

„Als ob!", erwidert Maffi.

➢ Weiter → 257

Als du dich Olum näherst, dreht er sich zu dir um und lässt vor Schreck seine Angel fallen.

„Hilfe!", ruft er. „Ein Monster! Es ist hinter Nano her und will ihn fressen!"

„Das ist doch bloß Pixel!", rufst du. „Der ist ganz harmlos."

Doch Olum hört dir nicht zu, sondern rennt schreiend ins Dorf. Bestimmt kommt er gleich mit den anderen Dorfbewohnern zurück, um Pixel zu vertreiben. Am besten, du suchst schnell einen Unterschlupf für ihn. Doch hier am Flussufer ist kein geeignetes Versteck zu sehen.

➢ Du kehrst um und suchst auf der Wiese ein Versteck → 200
➢ Du durchquerst den Fluss und suchst auf der anderen Seite weiter → 72

„Du lügst!", sagt Birta. „Magolus würde nie selber die Blumen gießen. Dazu ist er viel zu ... fleißig. Er hat keine Zeit für sowas, weil er ... mit Notch reden muss. Ich frage mich, was du wirklich mit dem Eimer vorhast! Am besten, wir reden mit deiner Mutter darüber."

Nein, alles, nur das nicht! Doch Birta ist unerbittlich. Sie zerrt dich nach Hause, wo du schließlich alles erzählst.

Natürlich erlauben dir deine Eltern nicht, ein Netherportal zu bauen und Pixel in den Nether zu begleiten.

Dein Abenteuer ist nun zu Ende.

➢ Zurück zum Anfang des Kapitels → 105

47

„Du?", grunzt Zoff ungläubig. „Du willst unser neuer Clanführer werden? So ein bleicher Typ von der Oberwelt? Da lachen ja die Ghasts!"

Was tust du?

➢ Du greifst Zoff an → 129

➢ Du schlägst stattdessen Pixel vor → 312

48

Du entscheidest dich dagegen, Pixel den Trank zu geben. Wer weiß, wozu er noch nütze ist. Dein Zombie-Pigman-Freund schlottert immer noch vor Angst und weigert sich, gegen Zoff zu kämpfen, der allmählich ungeduldig wird.

➢ Weiter → 174

49

„Ich könnte doch euer Clanführer werden", schlägst du vor.

„Du?", fragt Gandi. „Ist das dein Ernst?"

Was antwortest du?

➢ „Wieso denn nicht?" → 100

➢ „Nein, war nur ein Scherz." → 3

„Mir fällt wirklich nichts mehr ein", seufzt du und wirfst hilflos die Arme in die Luft.

Da kommt Maffi zu dir, drückt dir eine Flasche mit einer blauen Flüssigkeit in die Hand und flüstert dir ins Ohr: „Ich habe diesen Trank von Tante Ruuna geschenkt bekommen. Sie hat gesagt, er sieht hübsch aus, hat aber keine Wirkung, jedenfalls nicht, dass sie wüsste. Vielleicht hilft er Pixel trotzdem."

Du überlegst, was du tun sollst.

➢ Du gibst Pixel den Trank → 205

➢ Du behältst den Trank für dich → 48

„Komm, Pixel!", rufst du.

Der Zombie-Pigman folgt dir zur Schlucht neben dem Dorf. Treppenstufen führen an einer Seite in die Tiefe. Dein Vater hat dir erzählt, dass sie vor langer Zeit ein Fremder in den Stein geschlagen hat, um Magolus, den Priester, aus der Schlucht zu retten. Natürlich ist es streng verboten, in die Schlucht zu klettern.

„Du könntest dich da unten verstecken", schlägst du vor.

Pixel beugt sich über den Rand der Schlucht und blickt hinab in die Tiefe.

„Da unten?", fragt er. „Aber da kann man mich doch von hier oben aus sehen! Und dann erschrecken sich die anderen Dorfbewohner und jagen mich fort, und das will ich nicht."

Da hat er allerdings recht. Das mit der Schlucht war vielleicht doch keine so gute Idee.

➢ Du suchst auf der Wiese nach einem Versteck → 200

➢ Du gehst zum Flussufer → 101

52

Ein Knochen würde Paul sicher eine Weile beschäftigen. Doch leider hast du keinen bei dir. Dir fallen nur zwei Möglichkeiten ein, woher du einen bekommen könntest.

➢ Du fragst Hakun, den Fleischer → 214

➢ Du gehst in die Höhle unter dem Dorf → 275

➢ Du wirfst stattdessen ein Stöckchen → 134

➢ Du versuchst stattdessen, Paul einzusperren → 145

53

„Wieso greifen euch die Kampfgrunzer eigentlich nicht selber an, sondern schicken mich hierher?", fragst du.

„Wir haben die Sprache der Ghasts gelernt", erwidert Gandi.

„Was ist denn das, ein Ghast?", willst du wissen.

„Das sind mächtige, fliegende Geister, die Feuerkugeln verschießen. Wir können sie herbeirufen, so dass sie die Kampfgrunzer angreifen. Deshalb haben sie Angst vor uns."

➢ Weiter → 306

„Er war unten am Fluss. Er sagte, er würde sich freuen, wenn du ihn begleitest, damit ihr gemeinsam über das Wort Notchs diskutieren könnt."

„Magolus will meine Meinung dazu hören?", fragt Birta mit leuchtenden Augen. „Echt jetzt?"

„Echt jetzt!", bestätigst du.

Wie der Blitz rauscht Birta aus der Kirche und lässt den Putzeimer zurück, den du dir sogleich schnappst und damit das Weite suchst.

➢ Weiter → 161

Du siehst dich um, ob auch niemand guckt. Dann öffnest du rasch die Kiste. Dein Herz schlägt schneller, als du die Gegenstände darin erblickst: die Diamantenspitzhacke, ein Eisenschwert und ein Feuerzeug – alles, was man braucht, um in den Nether zu gelangen!

Aber die Gegenstände einfach nehmen? Du bekommst sicher eine Menge Ärger, wenn das rauskommt. Andererseits hast du versprochen, Pixel zu helfen ...

Was nun?

➢ Du nimmst die Gegenstände aus der Kiste → 77

➢ Du lässt die Gegenstände in Ruhe und gehst nach Hause → 181

Kapitel 2: Die unheimliche Gestalt

Der Regen prasselt auf die Wiese und durchnässt dich bis auf die Knochen. Viel nasser wärst du auch nicht gewesen, wenn du einfach in den Teich gesprungen wärst, um Pixel zu retten.

Erneut donnert es, und das Ferkel quiekt vor Schreck.

„Wir sollten lieber nach Hause gehen", ruft Maffi.

Doch in diesem Moment donnert es ein weiteres Mal, so laut, als wäre ein Knallschleicher direkt neben dir explodiert.

Vor Schreck lässt Maffi Pixel los, der quiekend davonläuft.

„Halt, warte!", ruft Maffi und rennt hinter dem verängstigten Schwein her.

➤ Du folgst den beiden → 65

➤ Du gehst lieber nach Hause → 237

Dein Großvater hat bestimmt den Namen seines Sohnes als Passwort verwendet, überlegst du, und sagst: „Primo".

„Das ist leider nicht korrekt", schnarrt Asimov.

➤ Du versuchst ein anderes Passwort → 28

➤ Du fragst Asimov nach dem Passwort → 153

58

Zoff greift Gandi mit einer wütenden Attacke frontal an, doch der Anführer der Pilzsucher weicht geschickt aus. Er versucht, den Kampfgrunzer mit einem Tritt zu Boden zu schicken, doch auch dieses Manöver misslingt. Der Kampf geht weiter.

Würfle noch einmal. Wie lautet das Ergebnis?

➢ Fünf oder weniger → 246

➢ Sechs → 149

59

Als ihr den Fluss überquert, der das Dorf umschließt, füllst du den Eimer mit Wasser. Schließlich erreicht ihr die große Wiese östlich des Dorfs. In der Ferne kann man den Lavateich glühen sehen. Doch ganz in der Nähe glüht etwas anderes: die roten Augen einer riesigen Spinne!

Was tust du?

➢ Du gehst einfach weiter, weil Spinnen harmlos sind → 113

➢ Du greifst die Spinne an → 37

➢ Du bittest Pixel, die Spinne zu töten → 150

60

„Ruuna", sagst du aufs Geratewohl.

„Ruuna?", fragt Asimov mit finsterer Miene. „Etwa die Ruuna, die mir ihren dämlichen Zaubertrank an den Kopf geworfen hat und dafür gesorgt hat, dass ich sprechen kann und ein Bewusstsein habe, damit ich die ganze Trostlosigkeit meiner Existenz begreifen kann?"

„Also, lautet das Passwort nun Ruuna oder nicht?"

„Nein, Ruuna ist kein Passwort, Ruuna ist ein Schimpfwort!", grummelt Asimov.

➢ Du versuchst ein anderes Passwort → 28
➢ Du fragst Asimov nach dem Passwort → 153

61

„Der Trank macht dich unsichtbar", sagst du.

„Echt jetzt?", fragt Pixel. Als du nickst, nimmt er den Trank und leert ihn aus. Doch es geschieht nichts.

„He, ich kann mich immer noch sehen", sagt Pixel erschrocken. „Oje oje oje, es funktioniert nicht! Hilfe!"

➢ Weiter → 174

62

Du wartest lieber ab. Nach einer Weile hörst du ein Geräusch aus der Finsternis: „Gooaaack!"

Du lachst, als dir klar wird, wovor Pixel solche Angst hatte. „Das ist bloß ein Huhn! Vor dem musst du keine Angst haben."

Pixel folgt dir vorsichtig in die Höhle. „Bist du sicher?", fragt er. „Ich finde, es sieht ziemlich böse aus."

„Ich bin ganz sicher!"

Zum Beweis scheuchst du das Huhn aus der Höhle und sammelst das Ei auf, das es in der Zwischenzeit gelegt hat. Dann befestigst du eine Fackel an der Wand, und zum Schluss dichtet ihr die Eingänge mit Erde ab, bis nur noch ein schmaler Durchgang übrigbleibt. Der Unterschlupf sieht jetzt richtig gemütlich aus.

➢ Weiter → 309

63

Zoff kämpft verbissen. Mit raschen Schwertschlägen drängt er dich zurück, während die anderen Kampfgrunzer ihren Anführer mit lauten Rufen anfeuern. Du merkst bald, dass er dir an Körperkraft überlegen ist. Zwar bist du schneller und geschickter als er und kannst seinen Attacken eine Zeitlang ausweichen. Doch als du zur Seite springst, um einem weiteren, tödlichen Schlag zu entgehen, rutschst du auf dem heißen, bröckeligen Netherrack aus und fällst hin. Im Nu hält dir Zoff das Schwert an die Kehle.

„Ha! Ich wusste doch, dass ich stärker bin als du!", ruft er. „Werft den Feigling und seine Freunde in die Schlucht! Und danach verhauen wir die Pilzsucher! Dann ist endlich klar, dass die Kampfgrunzer der größte und tapferste Clan im Nether sind!

Die Zombie-Pigmen zerren deine Freunde und dich zu einem Abgrund und stürzen euch hinein.

Dein Abenteuer ist hier zu Ende. Wenn du willst, kannst du ausprobieren, was passiert wäre, wenn du dich anders entschieden hättest.

➢ Weiter → 247

64

„Geht aus dem Weg!", rufst du Pixel und Maffi zu, während du einen Hechtsprung zur Seite machst.

Würfle einmal. Welches Ergebnis hast du erzielt?

➢ Drei oder weniger → 32
➢ Vier oder mehr → 182

65

„Pixel!", rufst du, während du hinter Maffi und dem Ferkel herläufst. „Pixel, bleib stehen! Du kriegst auch eine leckere ..."

Weiter kommst du nicht, denn in diesem Moment schlägt unmittelbar vor dir der Blitz ein. Du bist von dem grellen Licht geblendet, und ein heftiger Schlag wirft dich zu Boden. Als du dich mühsam aufrappelst, siehst du, dass Maffi und Pixel leblos im Gras liegen.

➢ Du kümmerst dich zuerst um Maffi → 322
➢ Du kümmerst dich zuerst um das Ferkel → 20

„Wenn ich hier bloß beleidigt werde, kann ich ebenso gut nach Hause gehen!", rufst du und stapfst wütend davon. Pixel und Maffi bleiben ratlos zurück.

Als du am nächsten Tag wieder auf die Wiese neben der Schlucht kommst, ist Pixel nirgends zu sehen. Du hoffst, dass er es irgendwie selbst geschafft hat, in den Nether zu gelangen, auch wenn du nicht weißt, wie.

Dein Abenteuer ist nun zu Ende. Wenn du willst, kannst du an den Anfang des Kapitels zurückkehren und ausprobieren, was passiert wäre, wenn du dich anders entschieden hättest.

➢ Zurück zum Anfang des Kapitels → 56

Vorsichtig schleicht ihr euch zu dritt die Dorfstraße entlang. Plötzlich tritt mit staksenden Schritten eine große Gestalt aus den Schatten.

„Was macht ihr hier mitten in der Nacht?", fragt sie mit metallischer Stimme. „Minderjährige dürfen nach Einbruch der Dunkelheit das Haus nicht verlassen!"

Was antwortest du?

➢ „Wir waren gerade auf dem Weg nach Hause, Asimov." → 325

➢ „Wir sind auf der Flucht vor einem Knallschleicher." → 317

Du bist auf der Dorfstraße vor dem Haus. Nach rechts geht es zur Schlucht, links führt eine kleine Brücke über den Fluss.

➤ Du gehst nach links → 220

➤ Du gehst nach rechts → 261

69

Mit aller Kraft rammst du dem Monster das Schwert in die Brust. Es stößt ein letztes „Uungh!" aus, dann löst es sich in faulige Fleischfetzen auf. Du hast den Kampf gewonnen!

Pixel und Maffi jubeln dir zu. Dann setzt ihr euren Weg fort.

➤ Weiter → 59

70

„Ich suche bloß einen Smaragd", erklärst du, wobei du weiter gebückt bleibst.

„Einen Smaragd? Wenn du einen findest, komm zu mir. Ich verkaufe dir dann etwas Wolle dafür."

„Klar, Jarga. Ich kann mir nichts Besseres vorstellen, was ich mit einem Smaragd anstellen könnte, als Wolle zu kaufen."

„Das stimmt, etwas Besseres gibt es nicht. Viel Glück beim Suchen!"

Damit verschwindet sie, so dass du weiter hinters Haus schleichen kannst.

➤ Weiter → 321

„Ich glaube, das ist ein Zombie-Pigman", antwortest du. „Mein Vater hat mir erzählt, dass sie im Nether leben. Sie haben ihn gefangengenommen und wollten ihn irgendeinem Feuergott opfern, aber am Ende sind sie seine Freunde geworden."

„Sehr freundlich sieht der aber nicht aus!", meint Maffi. „Er guckt irgendwie böse."

„Ich glaube, das liegt daran, dass er nur noch ein Auge hat und ein Teil seines Gesichts fehlt", beruhigst du sie. „Auf mich wirkt er eher verängstigt."

➢ Weiter → 257

➢ Weiter → 257

72

Drüben im Wald findest du bestimmt ein geeignetes Versteck. Du steigst ins Wasser, um den Fluss zu durchqueren. Pixel folgt dir, doch als er einen Fuß in das Wasser setzt, quiekt er vor Schreck.

„Igitt! Das ist ja ganz kalt und ... nass!"

„Na und? Als du ein Ferkel warst, hat dir das doch auch nichts ausgemacht. Nun komm schon und stell dich nicht so an!"

Doch Pixel weigert sich, den Fluss zu durchqueren. Dir bleibt nichts anderes übrig, als woanders ein Versteck zu suchen.

➢ Weiter → 200

„Sag ihm, dass du Pilzsuppe magst", schlägst du vor.

Pixel sieht dich skeptisch an. „Pilzsuppe? Echt jetzt?" Als du nickst, wendet er sich an Gandi: „Ich mag Pilzsuppe. Sehr lecker!"

Der Anführer der Pilzsucher mustert ihn skeptisch. „Hast du denn schon mal welche gegessen?"

„Äh, nein", gibt Pixel zu. „Aber sie schmeckt bestimmt sehr gut."

„Du hast gelogen!", beschuldigt ihn Gandi.

Erschrocken sieht dich Pixel an. Was antwortest du?

➤ „Bitte ihn um einen Teller Pilzsuppe" → 158

➤ „Erzähl ihm, dass du früher ein niedliches kleines Ferkel warst" → 279

➤ „Sag ihm, dass er gut aussieht" → 173

„Bist du von allen guten Geistern verlassen, Junge?", ruft Hakun entsetzt. „Als ob es nicht reichen würde, dass jeden Abend Nachtwandler und Knochenmänner unser Dorf heimsuchen. Und du willst auch noch einen herlocken!" Er schüttelt den Kopf. „Ts, es steckt einfach zu viel von deinem Vater in dir, Nano. Nun geh schön spielen!"

Du kehrst unverrichteter Dinge zum Teich zurück.

➤ Du wirfst ein Stöckchen → 134

➤ Du versuchst, Paul irgendwo einzusperren → 145

Du beschließt, nichts zu überstürzen, und wartest erst einmal, ob sich im Höhleneingang etwas regt. Die Zombie-Pigmen, die dich hierher gebracht haben, werden langsam ungeduldig.

„Nun mach schon!", ruft Zoff. „Mir wird langsam kalt, während wir hier bloß rumstehen. Oder bist du etwa doch bloß ein Feigling?"

Du siehst ein, dass du etwas tun musst, um deine Freunde zu retten. Aber was?

➤ Du stürmst mit gezogenem Schwert und lautem Gebrüll in die Höhle → 230

➤ Du betrittst vorsichtig den Höhleneingang → 14

„Na klar!", rufst du. „Ich werde dir schon beweisen, wozu ein echter Krähenfuß fähig ist!"

„Na schön, wir werden sehen, wer stärker ist", erwidert Zoff. „Ich nehme die Herausforderung an!"

Damit zieht er sein Schwert und stürzt sich auf dich.

➤ Weiter → 91

Du beugst dich über die Kiste, um die Gegenstände herauszunehmen, als du plötzlich eine metallische Stimme hörst: „Zugriff ohne Passwort untersagt!"

Erschrocken drehst du dich um. Asimov, der Golem steht vor dir. Mina, die Katze, sitzt auf seinem Kopf und gähnt.

Was tust du?

➤ Du nimmst die Gegenstände trotzdem aus der Kiste → 78

➤ Du sprichst mit Asimov → 17

78

Als du die Gegenstände aus der Kiste nimmst, stimmt Asimov ein lautes Geschrei an: „Alarm! Alarm! Allgemeine Schutzverletzung! Unbefugter Zugriff auf den Gerätespeicher!"

Deine Mutter und dein Vater kommen aus dem Haus gelaufen.

„Nano!", ruft Mama. „Was machst du denn da? Ich hab dich schon überall gesucht!"

„Ich wollte bloß mal gucken, was in der Kiste ist!", sagst du.

„Komm jetzt sofort zum Essen!", befiehlt Mama.

Dir bleibt nichts anderes übrig, als der Aufforderung zu folgen.

Dein Abenteuer ist damit zu Ende. Wenn du willst, kannst du ausprobieren, was passiert wäre, wenn du dich anders entschieden hättest.

➤ Zurück zum Anfang des Kapitels → 105

„Also, es ist so: Pixel, das Ferkel, ist in den Teich gesprungen, weil der Wolf ihn fressen wollte, und jetzt sitzt er unter einem Vorsprung, und wir können ihn nicht erreichen, weil er zu weit weg ist, um die Karotte zu riechen, aber mit der Angel könnten wir ihn anlocken."

Olum sieht dich mit großen Augen an und kratzt sich am Kopf.

„Ich wusste gar nicht, dass man auch Ferkel angeln kann", sagt er nachdenklich. „Muss ich bei Gelegenheit auch mal probieren." Er gibt dir die Angel. „Sei vorsichtig damit!", ermahnt er dich. „Wenn du sie kaputt machst, kann ich nicht mehr angeln, und was sollen die armen Fische dann von mir denken?"

Du bedankst dich und kehrst stolz mit der Angel zum Teich zurück.

➤ Weiter → 239

„Äh, vielen Dank, aber ich stehe nicht so auf Pilzsuppe", sagst du.

„Echt nicht?", fragt der Zombie-Pigman. „Sie ist sehr lecker und entspannend, wirklich. Aber gut, wenn du nicht willst ... Setz dich trotzdem zu uns und erzähl uns, wieso du hergekommen bist."

➤ Weiter → 234

Du greifst zu einer Notlüge, sonst verbietet er dir am Ende noch, Pixel zu helfen.

„Ich suche Maffi", sagst du.

„Maffi? Die ist draußen auf der Wiese neben der Schlucht, glaube ich", sagt ihr Vater Kolle.

„Gut, danke!", rufst du und kehrst unverrichteter Dinge zur Wiese zurück.

„Wie, hast du etwa schon ein Buch gefunden?", fragt Maffi erstaunt.

„Nein. Aber in der Bibliothek sind mein Vater und dein Vater, und da kann ich nicht in Ruhe suchen."

„Na gut, dann geh ich und suche das Buch, und du kümmerst dich um ein Versteck für Pixel", schlägt Maffi vor.

Du nickst und sie verschwindet in Richtung Dorf.

➢ Weiter → 315

„Aber du hast doch gesagt, du willst ein Kochbuch mit Sumpfwasser! Oder waren es Pilze?"

„Nether, Nimrod!", antwortest du. „Ich suche ein Buch über den Nether!"

„Ach so. Warum sagst du das nicht gleich? Warte, einen Moment."

Er sucht eine Weile, dann kommt er mit einem dicken Buch wieder. Der Titel lautet: „Nachtwandler – Aufzucht und Pflege".

- „Ich will keine Nachtwandler züchten, ich will in den Nether!!!" → 291
- Du suchst lieber selber → 108

83

Du folgst der Oberkante des Steilhangs, bis sie an einem Abgrund endet. Auf der anderen Seite stürzt ein Lavastrom in die Tiefe. Von hier aus kannst du die Ebene zu Füßen des Steilhangs überblicken. Dort siehst du einen seltsamen, großen schwarzen Block, der zwei leuchtende Augen hat und auf der Ebene herumhüpft.

„Was ist das denn für ein Ding?", fragt Maffi.

„Keine Ahnung", antwortest du. „Und ich bin auch nicht sicher, ob ich es herausfinden will."

Was tust du?

- Du kletterst den Steilhang hinab auf die Ebene → 313
- Du gehst in die entgegengesetzte Richtung → 106

84

„Na gut, wenn du meinst."

Maffi wirft die Karotte in die Ecke, wo Pixel hockt. Das Ferkel schnüffelt daran, quiekt erfreut und frisst die Karotte auf. Dann sieht es Maffi hungrig an.

„Ich glaub, es will noch mehr!", sagst du.

„Ich hab aber nicht mehr", meint Maffi.

„Tu einfach so, als ob!"

Maffi streckt den Arm aus und lockt das Ferkel damit. Und tatsächlich springt es in den Teich und schwimmt zu euch.

„Hurra!", ruft Maffi und schließt das Ferkel glücklich in die Arme. Pixel quiekt zufrieden.

In diesem Moment blitzt es, und kurz darauf erklingt ein lauter Donner.

➢ Weiter → 56

85

„Magolus ist immer noch da, wo er war, als du ihn zuletzt gesehen hast", behauptest du.

Birta sieht sich verwirrt um. Dann zieht sie ihre Augenbrauen herab.

„Das ist eine Lüge!", ruft sie empört. „Als ich Magolus zuletzt gesehen habe, war er hier in der Kirche und hat mir gesagt, ich soll saubermachen! Du weißt doch, dass man nicht lügen darf. Am besten, wir reden mit deiner Mutter darüber."

Nein, alles, nur das nicht! Doch Birta ist unerbittlich. Sie zerrt dich nach Hause, wo du schließlich alles erzählst.

Natürlich erlauben dir deine Eltern nicht, ein Netherportal zu bauen und Pixel in den Nether zu begleiten.

Dein Abenteuer ist nun zu Ende.

➢ Zurück zum Anfang des Kapitels → 105

Du wehrst dich verbissen gegen Zoffs Angriffe und rückst ihm mit schnellen Schwertschlägen zu Leibe. Es gelingt dir, den Zombie-Pigman zurückzudrängen, bis er mit dem Rücken an der Wand steht. Schließlich lässt er die Waffe fallen.

„Schon gut, Fremder, du hast gewonnen! Du bist mutig und tapfer, und das respektieren wir!"

➢ Weiter → 177

„Wir sind nur harmlose Pilzsucher!", behauptest du.

„Also doch!", ruft der Anführer der Zombie-Pigmen. „Packt sie und opfert sie dem Feuergott!"

➢ Weiter → 330

„... sondern supergroß und ultraschlau und megastark und sagenhaft freundlich, wie alle Zombie-Pigmen", beendest du den Satz.

Gandi sieht dich misstrauisch an. „Du machst dich über uns lustig!", sagt er.

„Nein, nein, das würde mir niemals einfallen!", widersprichst du. „Ich finde, ihr seid wirklich ganz sensationell toll, und mein Freund findet das auch. Stimmt's, Pixel?"

Der Zombie-Pigman schüttelt den Kopf. „Hör auf, Nano. So wird das nichts. Wie sollen sie mich jemals nett finden, wenn wir ihnen nur irgendwelchen Quatsch erzählen?"

„Heißt das etwa, du findest uns nicht supergroß und ultraschlau und megastark und sagenhaft freundlich?", fragt Gandi.

„Ehrlich gesagt nein", erwidert Pixel.

➢ Weiter → 128

89

Du überlegst, wer im Dorf einen länglichen Gegenstand haben könnte, der vielleicht geeignet wäre, die Karotte daran festzubinden.

➢ Du fragst deinen Großvater Porgo, den Schmied → 114

➢ Du fragst Birta, die Gehilfin des Priesters → 301

➢ Du fragst Olum, den Fischer → 216

➢ Du fragst Kaus, den Bauern → 156

➢ Du gehst zum Fluss → 199

90

„Ach so!", sagt Nimrod. „Ich glaub, da hab ich genau das Richtige für dich."

Er geht zum Regal, zieht ein Buch hinaus und drückt es dir in die Hand. Du traust deinen Augen kaum, als du den Titel liest: „Die Geheimnisse des Nethers und wie man dorthin kommt".

Du bedankst dich bei Nimrod für die Hilfe und läufst mit deiner Beute zurück zur Wiese neben der Schlucht.

➢ Weiter → 119

91

Du ziehst dein Schwert und parierst den Angriff, doch der Zombie-Pigman ist sehr kräftig und geschickt.

Würfle einmal. Wie lautet das Ergebnis?

➢ Vier oder mehr → 86

➢ Drei oder weniger → 298

92

„Vorher opfere ich dich, Schweinebacke!", brüllst du, ziehst dein Schwert und stürzt dich auf ihn. Der Zombie-Pigman pariert deinen Angriff.

Würfle einmal! Wie lautet das Ergebnis?

➢ Eins oder zwei → 18

➢ Drei oder mehr → 224

93

Zoff kämpft verbissen. Mit raschen Schwertschlägen drängt er dich zurück, während die anderen Kampfgrunzer ihren Anführer mit lauten Rufen anfeuern. Du merkst bald, dass er dir an Körperkraft überlegen ist, doch du bist kleiner und schneller als er. Als er sein Schwert hebt, um dich mit einem gewaltigen Hieb in zwei Hälften zu hauen, drehst du dich rasch zur Seite. Das bringt ihn aus dem Gleichgewicht, und du kannst ihn zu Boden werfen.

„Schon gut, du hast gewonnen!", gibt Zoff zu. „Du bist wahrhaft ein heldenhafter Krieger und ein ehrwürdiger Clanführer!"

Die anderen Zombie-Pigmen jubeln dir zu. Doch dir wird plötzlich mulmig. Willst du wirklich den Rest deines Lebens hier im Nether verbringen, ohne jemals deine Eltern oder den klaren Himmel über dem Dorf am Rand der Schlucht wiederzusehen?

➤ Weiter → 193

94

Die merkwürdige Gestalt scheint tatsächlich das zu sein, was aus dem Ferkel geworden ist, als der Blitz einschlug.

„Was ... was ist das?", fragt Maffi erschrocken. „Ist es gefährlich?"

Was antwortest du?

➤ „Das weiß ich nicht" → 265

➤ „Nein, das Ding ist harmlos" → 71

➤ „Ja, lass uns lieber wegrennen!" → 44

95

„Äh, Birta, könntest du mir bitte mal deinen Eimer geben?", fragst du.

Misstrauisch zieht sie ihre Augenbrauen herab. „Warum? Was willst du denn damit?"

Was antwortest du?

➢ „Ich möchte dir beim Putzen helfen." → 142

➢ „Magolus hat gesagt, dass ich ihn ihm bringen soll!" → 189

➢ „Ich brauche ihn, um ein Netherportal zu bauen." → 198

96

„Was sind das für seltsame Fremde, Haudruff?", fragt einer der Neuankömmlinge.

„Das sind feige Spione der Pilzsucher, Zoff", behauptet Haudruff.

„Gar nicht wahr!", widersprichst du. „Wir kommen von der Oberwelt, um unseren Freund Pixel in den Nether zu bringen, und wir sind überhaupt nicht feige!"

Der Zombie-Pigman namens Zoff beäugt dich kritisch, dann grunzt er verächtlich. „Wir werden gleich sehen, ob ihr tapfere Krieger oder Feiglinge seid!" Damit zieht er sein Schwert und stürzt sich mit lautem Gebrüll auf dich.

➢ Weiter → 91

97

Du ziehst das Schwert und stellst dich dem Nachtwandler entgegen.

Würfle einmal! Welche Zahl liegt oben?

➢ Eine Eins → 169

➢ Eine Zwei, Drei oder Vier → 29

➢ Eine Fünf oder Sechs → 69

Obwohl Paul es nicht mehr anbellt, sitzt das Schweinchen immer noch verängstigt unter dem Überhang auf der anderen Seite des Teiches, wo du es nicht erreichen kannst. Zu allem Überfluss fängt es auch noch an, zu regnen.

„Pixel!", ruft Maffi. „Komm, Pixel, komm zu Maffi!"

Doch das Ferkel bleibt, wo es ist.

➤ Du springst in den Teich → 310

➤ Du redest mit Maffi → 267

Du gehst ins Haus. Papa sitzt schon am Tisch. Zum Mittagessen gibt es Pilzsuppe – schon wieder.

„Ich wollte zum Nachtisch einen leckeren Kuchen backen, aber Nano hat die Milch verschüttet", beschwert sich Mama, woraufhin Papa ein halb enttäuschtes, halb verärgertes Gesicht macht. Dir kommt eine Idee.

„Ich kann doch schnell neue Milch von Bauer Kaus holen", schlägst du vor.

„Na gut, aber beeil dich!", sagt Mama. „Die Suppe wird sonst kalt. Der Eimer steht hinter dem Haus."

Rasch läufst du aus dem Haus und schnappst dir den Eimer.

➤ Weiter → 161

„Wieso denn nicht?", fragst du. „Ich bin stark, ich bin nett, außerdem bin ich ein echter Krähenfuß und hab schon tolle Abenteuer erlebt, und ich komme von der Oberwelt, wo es viel schöner ist als hier ... und ... und ..."

Während du sprichst, wir dir klar, dass es zwar irgendwie ziemlich cool wäre, wenn du Clanführer der Zombie-Pigmen wärst, dass du dann aber nie wieder in die Oberwelt zurückkehren könntest. Du würdest dann vielleicht Mama und Papa nie wiedersehen, und das Dorf am Rand der Schlucht auch nicht. Die grünen Wiesen, den Wald, den kühlen Fluss, die Wolken am Himmel ... Plötzlich erscheint dir das Innere der Höhle noch stickiger und heißer als zuvor, und starkes Heimweh ergreift dich.

„Ich ... ich glaube, das ist doch nicht so eine gute Idee", sagst du.

„Hast du denn eine Bessere?", fragt Gandi.

„Ich glaube schon."

➢ Weiter → 242

„Komm, Pixel!", rufst du. „Lass uns zum Flussufer gehen."

„Ist das ein Lavafluss?", fragt der Zombie-Pigman hoffnungsvoll.

„Nein", antwortest du. „Der ist aus Wasser."

Skeptisch trottet Pixel hinter dir her. Als ihr euch dem Fluss nähert, siehst du Olum, der seine Angel auswirft. Auf der anderen Seite des Flusses beginnt ein dichter Wald.

➢ Du gehst weiter → 45

➢ Du kehrst um und gehst zur Schlucht → 51

➢ Du suchst lieber irgendwo auf der Wiese ein Versteck → 200

102

Du pirschst dich ans Fenster und spähst vorsichtig hinein. Hoffentlich sieht dich Mama nicht!

Würfle einmal! Wie lautet das Ergebnis?

➢ 1 oder 2 → 289

➢ 3 oder mehr → 170

103

Vorsichtig schleicht ihr euch zu dritt die Dorfstraße entlang. Als ihr an deinem Elternhaus vorbeikommt, fängt Paul plötzlich an, zu bellen. Ehe ihr es verhindern könnt, kommt Papa mit dem Schwert in der Hand aus dem Haus gestürmt. Vor Schreck rennt Pixel quiekend davon.

„Nano! Maffi! Was macht ihr denn hier draußen mitten in der Nacht?", ruft Papa.

Bevor du eine Erklärung abgeben kannst, zerrt er dich ins Haus, wo du einen Riesenärger mit Mama und drei Tage Stubenarrest bekommst.

Dein Abenteuer ist hier zu Ende. Wennn du willst, kannst du ausprobieren, was passiert wäre, wenn du dich anders entschieden hättest.

➢ Zurück zum Anfang des Kapitels → 296 → 296

104

„Wieso können meine Freunde nicht mitkommen?", willst du wissen. „Zu dritt schaffen wir das viel leichter."

„Zu dritt wäre es ja keine Heldentat, über die wir noch in vielen Jahren grunzen können!", erwidert Zoff. „Also, nimmst du die Aufgabe an, oder bist du am Ende doch ein Feigling?"

Was antwortest du?

➢ „Also gut, ich mache es" → 247

➢ „Und was, wenn ich mich weigere?" → 314

➢ „Ich denke ja gar nicht daran!" → 271

105
Kapitel 3: Besorgungen

„Da seid ihr ja endlich", sagt Pixel. „Habt ihr herausgefunden, wie man in den Nether kommt?"

„Noch nicht ganz", antwortest du. „Aber wir haben jetzt eine Anleitung."

Gemeinsam mit Maffi blätterst du durch das Buch. „Oha, das ist aber ganz schön kompliziert!", stellt Maffi nach einer Weile fest. „Hier steht, dass man dafür ein Netherportal bauen muss. Das besteht aus Obsidian, den man bekommt, wenn man Lava mit Wasser abkühlt, den man aber nur mit einer Diamantspitzhacke abbauen kann. Daraus muss man ein aufrechtes Tor bauen, vier Blöcke breit und fünf hoch, und das muss man dann mit einem Feuerzeug anzünden. Und außerdem braucht man noch eine Waffe, denn im Nether ist es ziemlich gefährlich."

„Au Weia!", ruft Pixel. „Das schaffen wir nie!"

Was antwortest du?

➢ „Du hast recht, wir sollten besser gleich aufgeben." → 280

➢ „Ach was, das kriegen wir schon hin." → 40

➢ „Wir sollten es wenigstens versuchen. Aufgeben können wir später immer noch." → 262

106

Über einen flachen Felsgrat gehst du nach links und gelangst in eine weitere, noch größere Höhle. Der Hang fällt hier senkrecht ab, so tief, dass ein Sturz mit Sicherheit tödlich wäre.

Ein langgezogenes Jammern erklingt und lässt dich zusammenzucken. Du erkennst ein seltsames, weißes Gebilde mit einem riesigen, traurig wirkenden Gesicht und neun bleichen Tentakeln, mit denen es in der Luft herumwedelt.

„Was ist das denn?", fragt Pixel.

➢ „Keine Ahnung" → 180

➢ „Sieht aus wie ein fliegender Tintenfisch" → 233

➢ „Schnell weg hier!" → 6

„... sondern groß und schlau und stark und nett, so wie alle Zombie-Pigmen", setzt du die Geschichte fort.

Gandi grunzt kritisch. „Das überzeugt mich nicht!", sagt er. „Das klingt ja wie ein Märchen, mit dem bösen Wolf und so."

„Und jetzt?", fragt Pixel. „Was soll ich denn jetzt machen?" Was antwortest du?

➢ „Sag ihm, dass du Pilzsuppe magst!" → 73

➢ „Sag ihm, dass er toll aussieht!" → 173

In diesem Chaos aus Tausenden von Büchern das richtige zu finden, ist vor allem Glückssache. Würfle einmal! Welche Zahl zeigt dein Würfel?

➢ Eine Eins → 228

➢ Eine Zwei → 264

➢ Eine Drei → 227

➢ Eine Vier → 163

➢ Eine Fünf → 115

➢ Eine Sechs → 8

109

Nicht weit von der Schlucht entfernt, am Rand eines kleinen Tümpels, spielt Maffi mit einem Ferkel. Sie ist die Tochter von Margi und Kolle, den besten Freunden deiner Eltern. Außerdem ist sie ein Mädchen, aber dafür kann sie nichts.

Als Paul das Ferkel erblickt, rennt er kläffend darauf zu.

„Nimm den blöden Wolf zurück!", ruft Maffi. „Sonst erschreckt er noch Pixel."

➢ Du versuchst, Paul zu bändigen. → 307

➢ Du ignorierst die Anweisung. → 256

110

„Was soll ich tun, Maffi?", rufst du.

„Das Ding sieht gefährlich aus. Lass uns so schnell wie möglich verschwinden!", rät sie.

Was tust du?

➢ Du folgst Maffis Rat und ergreifst die Flucht → 30

➢ Du ignorierst den Rat und greifst den Würfel an → 254

111

„Ich ... ich kann das nicht tun", sagt Pixel. Er wirkt ziemlich verängstigt. „Ich bin nicht geeignet, um irgendwen anzuführen, schon gar nicht zwei verfeindete Clans! Ich bin viel zu schwach und ängstlich dazu!"

Was antwortest du?

➢ „Du bist nicht schwach und ängstlich!" → 38

➢ „Es ist nicht schlimm, Angst zu haben." → 302

➢ „Ach was, das ist gar nicht schwierig." → 16

➢ „Wenn du es nicht tust, werden wir alle dem Feuergott geopfert!" → 165

112

„Schon gut, ich helfe dir!", sagst du.

„Na, da bin ich aber froh!", erwidert Maffi, und es klingt nur ein ganz kleines bisschen sarkastisch. „Solange dein Wolf da steht und bellt, traut sich Pixel nicht aus der dunklen Ecke raus."

Du musst dir wohl etwas einfallen lassen, um Paul abzulenken.

➢ Du wirfst ein Stöckchen → 134

➢ Du besorgst Paul einen Knochen → 52

➢ Du versuchst, Paul irgendwo einzusperren → 145

113

„Eine Spi... spi... Riesenspinne!", stammelt Maffi verängstigt.

„Ach was, die sind doch harmlos!", erklärst du, während du auf das achtbeinige Tier zugehst.

„Bbbist du sicher?", fragt Maffi.

➢ „Na klar, Spinnen sind harmlos, das weiß doch jeder!"
→ 196

➢ „Wenn ich so drüber nachdenke, vielleicht doch nicht ..."
→ 191

114

Dein Großvater Porgo ist wie üblich in der Schmiede neben dem Haus, in dem du wohnst. Du achtest darauf, dass deine Mutter dich nicht siehst, während du zu ihm gehst.

„Hallo Opa!", begrüßt du ihn. „Hast du vielleicht etwas, woran ich eine Karotte festbinden könnte?"

„Eine Karotte?", fragt er verwundert. Dann hellt sich seine Miene auf. „Ah, ich verstehe, du willst etwas anlocken! Am besten eignet sich dafür eine Angel. Frag doch Olum, den Fischer!"

Du bedankst dich für den Rat.

➢ Weiter → 89

115

Die Bücher stehen offenbar vollkommen zufällig in den Regalen. Hier das Richtige herauszufinden, kann lange dauern.

➢ Du suchst trotzdem weiter → 108

➢ Du gibst auf und bittest Nimrod um Hilfe → 258

116

Du siehst dich nach etwas um, mit dem du die Karotte in die Nähe des Ferkels befördern könntest, einem langen Stock vielleicht. Doch weit und breit ist nichts Geeignetes zu sehen.

➢ Du gehst ins Dorf → 89

➢ Du gehst zum Fluss → 199

„Na, das ist aber leicht!", ruft Nimrod aus. „Alle Bücher sind spannend! Nimm dir einfach irgendeins von einem der Stapel. Und jetzt lass mich in Ruhe, ich muss weiterlesen."

Damit steckt er seine Nase wieder in sein Buch. Dir bleibt nichts anderes übrig, als in den unübersichtlichen Regalen selber zu suchen.

➢ Weiter → 108

118

„Na gut", sagst du. Wenn Mama auf dem Kriegspfad ist, geht man ihr besser aus dem Weg. „Komm, Paul!"

„Aber geh nicht so weit weg, es gibt bald Mittagessen", ermahnt dich Mama. „Und mach nicht wieder deine Kleidung dreckig!"

„Ja, Mama."

➢ Weiter → 68

119

Auf der Wiese neben dem kleinen Teich triffst du auf Maffi.

„Das hat ja ganz schön gedauert!", beschwert sie sich.

„Das war auch ganz schön schwierig", rechtfertigst du dich. „Wie du selbst gesagt hast, ist dein Großvater ziemlich schusselig, und die Bücherregale sind das reinste Chaos. Hast du ein Versteck für Pixel gefunden?"

„Klar", sagt Maffi. Sie führt dich zu einer flachen Höhle, in der du schon oft Verstecken gespielt hast. Die Eingänge vorn und hinten sind mit Erde abgedichtet. Das Innere ist von einer Fackel beleuchtet, so dass der Unterschlupf richtig gemütlich ist.

➢ Weiter → 105

120

Du nimmst all deinen Mut zusammen und näherst dich Pixel. In diesem Moment stößt das Monster ein Geräusch aus: „Gooaack!"

Du musst lachen. „Das ist doch bloß ein Huhn, Pixel. Die sind vollkommen harmlos."

„Bist du sicher? Ich finde, es sieht ziemlich böse aus."

„Ich bin ganz sicher!"

Zum Beweis scheuchst du das Huhn aus der Höhle und sammelst das Ei auf, das es in der Zwischenzeit gelegt hat. Dann befestigst du eine Fackel an der Wand, und zum Schluss dichtet ihr die Eingänge mit Erde ab, bis nur noch ein schmaler Durchgang übrig bleibt. Der Unterschlupf sieht jetzt richtig gemütlich aus.

➢ Weiter → 309

121

Du nimmst all deinen Mut zusammen und wagst dich in die Höhle. Kaum hast du sie betreten, hörst du ein Geräusch aus der Finsternis: „Gooaaack!"

Du lachst, als dir klar wird, wovor Pixel solche Angst hatte. „Das ist bloß ein Huhn!", rufst du. „Vor dem musst du keine Angst haben."

Pixel kommt vorsichtig näher. „Bist du sicher?", fragt er. „Ich finde, es sieht ziemlich böse aus."

„Ich bin ganz sicher!"

Zum Beweis scheuchst du das Huhn aus der Höhle und sammelst das Ei auf, das es in der Zwischenzeit gelegt hat. Dann befestigst du eine Fackel an der Wand, und zum Schluss dichtet ihr die Eingänge mit Erde ab, bis nur noch ein schmaler Durchgang übrig bleibt. Der Unterschlupf sieht jetzt richtig gemütlich aus.

➢ Weiter → 309

➢ Weiter → 309

122

„Lasst uns durchs Dorf gehen!", entscheidest du. „Die Erwachsenen haben Angst vor Nachtwandlern und trauen sich nachts nicht aus dem Haus."

„Na gut", stimmt Maffi zu.

Würfle einmal! Welche Zahl liegt oben?

➢ Eine Eins → 103

➢ Eine Zwei → 67

➢ Eine Drei → 41

➢ Eine Vier, Fünf oder Sechs → 329

„Okay, okay", gibst du zu. „Besser feige als tot!"

„Opfert sie!", schreit Zoff.

➤ Weiter → 330

„Warum kämpfst du nicht einfach gegen Zoff?", schlägst du vor. „Wenn du ihn besiegst, wärest du Anführer eurer beider Clans, und der Streit wäre beendet. Oder hast du Angst, dass er stärker ist als du?"

„Nein, das nicht", erwidert Gandi. „Aber Gewalt löst nun mal keine Probleme. Und wie könnte ich jemals ein guter Clanführer sein, wenn ich es nur mit Gewalt werden kann?"

Was antwortest du?

➤ „Warum akzeptierst du nicht Zoff als euren Anführer?"
→ 178
➤ „Könnte nicht jemand anderes euer gemeinsamer Anführer sein?" → 136

„Was ist das, der Nether?", fragt Pixel.

„Ein schlimmer Ort voller Feuer und Lava und schrecklicher Monster", erklärst du. „Das hat mein Vater mir erzählt."

„Magolus, unser Priester, sagt, man kommt dahin, wenn man böse war und stirbt."

„Aber ich bin nicht böse!", sagt Pixel. „Trotzdem ... Lava und Feuer, das klingt, als wäre es dort nicht so kalt wie hier." Er schlingt die Arme um den Körper, um zu zeigen, dass er friert. „Könnt ihr mich nicht zu diesem Ort bringen, wo noch mehr von meiner Art leben?"

Pixel in den Nether zu begleiten klingt genau nach der Art von Abenteuer, von der dein Vater immer erzählt. Schon oft hast du davon geträumt, auch ein Abenteurer zu sein so wie er. Aber jetzt wird dir doch ein bisschen mulmig. Allein in den Nether, das klingt ganz schön gefährlich ...

Was antwortest du?

➤ „Okay, wir bringen dich in den Nether." → 297

➤ „Warum bleibst du nicht einfach hier bei uns im Dorf?" → 244

➤ „Nein, wir können dich nicht in den Nether bringen. Das ist viel zu gefährlich." → 204

126

„Na ja, sag ihm halt die Wahrheit", sagst du.

Pixel nickt. „Ehrlich gesagt finde ich dich gar nicht hübsch, Gandi. Im Gegenteil: du siehst wirklich total schrecklich aus mit deiner verfaulten Haut, den herausragenden Knochen und dem fehlenden Auge. Aber ich würde trotzdem gern bei euch bleiben, und deshalb habe ich das gesagt, weil ich hoffte, das du mich dann nett findest."

„Das ist aber nett von dir!", sagt Gandi. „Du siehst übrigens auch total gruselig aus. Das gefällt mir!"

➢ Weiter → 138

127

„Hallo, Zoff!", ruft einer der Zombie-Pigmen, die bereits in der Höhle waren. „Was sind das für seltsame Fremde, die du da mitbringst?"

„Hallo, Haudruff. Die drei haben wir geschnappt, als sie vor einem Magmawürfel davongelaufen sind."

Der Zombie-Pigman namens Zoff wendet sich dir zu. „Wer seid ihr, Fremde?"

„Ich bin Nano, und das da sind Maffi und Pixel", stellst du euch vor. „Wir stammen von der Oberwelt und kommen in Frieden."

„Ihr seid elende Feiglinge. Wir werden euch dem Feuergott opfern!", ruft Zoff.

Was antwortest du?

➢ Wir sind keine Feiglinge! → 326
➢ Na gut, wir sind Feiglinge. Dürfen wir jetzt gehen? → 123

128

„Ihr seid genauso groß wie ich", erklärt Pixel, „aber besonders schlau seid ihr nicht, sonst würdet ihr euch nicht dauernd prügeln. Ihr seid stark, aber das bin ich auch, sonst hätte ich Zoff nicht besiegen können. Und was die Freundlichkeit angeht: Ihr seid misstrauisch und abweisend gegenüber Fremden wie uns. Nano und Maffi dagegen haben mich gerettet und sind mit mir bis hierher in den Nether gegangen, allen Gefahren zum Trotz. DAS ist freundlich!"

Die anderen Zombie-Pigmen sehen Pixel betreten an. „Du hast recht", gibt Gandi zu. „Wir waren nicht sehr nett zu euch. Aber das wird sich jetzt ändern!"

➢ Weiter → 138

129

„Wir werden ja sehen, wer zuletzt lacht!", rufst du, ziehst dein Schwert und stürzt dich auf Zoff. Ein wütender Kampf entbrennt, während die anderen Zombie-Pigmen euch neugierig umringen.

Würfle einmal! Welche Zahl liegt oben?

➢ Eine Fünf oder Sechs → 93
➢ Eine Vier oder weniger → 63

130

„Knochensuppe?", fragt Hakun und runzelt die Stirn. „Was für seltsame Ideen deine Mutter hat! Na, von mir aus. Dann mal guten Appetit, ha ha!"

Er gibt dir einen Knochen. Du bedankst dich und kehrst rasch zum Teich zurück. Als Paul den Knochen erblickt, springt er schwanzwedelnd an dir hoch. Du wirfst ihm den Knochen hin. Paul schnappt danach und läuft mit seiner Beute davon, als hätte er Angst, dass du sie ihm wieder wegnimmst. Nun kannst du dich endlich der Rettung des Schweinchens widmen.

➢ Weiter → 98

131

„Ich bin Nano, und das sind Maffi und Pixel", stellst du euch vor. „Wir kommen von der Oberwelt und begleiten unseren Freund Pixel in den Nether."

„Ihr grunzt Lügen!", sagt Haudruff. „Es gibt keine Oberwelt! Ihr seid erbärmliche Pilzsucher, unsere Feinde. Wir werden euch dem Feuergott opfern!"

Was tust du?

➢ Du greifst den Zombie-Pigman an → 92

➢ Du versuchst, zu fliehen → 263

132

„Und was machst du, wenn ich einfach trotzdem etwas raus-nehme?", fragst du.

„Dann werde ich eine Millisekunde lang enttäuscht sein, weil wieder mal keiner auf mich hört", antwortet Asimov. „Eine weitere Millisekunde lang werde ich mich über mich selbst ärgern, weil ich enttäuscht war, dass niemand auf mich hört, obwohl ich das ja vorher wusste. Ab der dritten Millisekunde werde ich laut Alarm schreien."

Was tust du?

➤ Du nimmst die Gegenstände trotzdem aus der Kiste → 78

➤ Du versuchst, das Passwort zu erraten → 28

➤ Du fragst Asimov nach dem Passwort → 153

133

„Warum sind die Kampfgrunzer eigentlich so wütend auf euch Pilzsucher?", fragst du.

„Nun, es gibt da ein paar Meinungsverschiedenheiten zwischen uns", antwortet Gandi. „Die Kampfgrunzer verehren wie wir den Feuergott, der die Welt geschaffen hat. Doch sie glauben, dass man ihm regelmäßig Opfer bringen muss, damit er die Ghasts und Magmawürfel gnädig stimmt. Deshalb töten sie Fremde, die in ihr Revier kommen, indem sie sie in eine tiefe Schlucht stürzen. Wir Pilzsucher dagegen glauben, dass der Feuergott will, dass wir alle friedlich miteinander leben. Deswegen trinken wir die Heilige Suppe zum Zeichen des Friedens."

Was antwortest du?

➤ „Wieso greifen euch die Kampfgrunzer nicht an?" → 53

➤ „Wie kann ich meine Freunde retten?" → 306

Zum Glück hast du einen Stock dabei, den du über die Wiese wirfst. Paul jagt hinterher, doch im Nu hat er den Stock wieder zurückgebracht und sitzt mit wedelndem Schwanz vor dir.

➤ Du wirfst den Stock weiter weg → 195

➤ Du versuchst, einen Knochen für Paul aufzutreiben → 52

➤ Du versuchst, Paul irgendwo einzusperren → 145

Verzweifelt siehst du dich um und entdeckst eine Öffnung in dem rötlichen Stein. Ohne lange nachzudenken rennst du hinein, gefolgt von Maffi und Pixel. Doch plötzlich hörst du vor dir ein vielstimmiges Grunzen, aus dem undeutlich Worte herauszuhören sind: „Eindringlinge!", „Der Feind greift an!", „Niederträchtige Pilzsucher!"

Drei weitere Zombie-Pigmen warten in der Höhle, während die anderen hinter euch hineinstürmen. Nun seid ihr umzingelt.

➤ Weiter → 324

„Könnte denn nicht ein anderer Clanführer werden und diesen elenden Streit beenden?", fragst du.

„Theoretisch schon", erwidert Gandi. „Aber das müsste jemand sein, der stark und mutig genug ist, damit Zoff ihn als Anführer akzeptiert, und gleichzeitig friedliebend und freundlich, so dass auch wir ihn akzeptieren könnten. So jemanden gibt es aber leider nicht."

„Ich hätte da eine Idee", sagst du.

Was schlägst du vor?

➢ „Ich könnte euer Clanführer werden." → 49

➢ „Mein Freund Pixel könnte euer Clanführer werden." → 242

137

Rasch reißt du die Tür auf, schiebst den Wolf hindurch und schlägst sie wieder zu. Kurz darauf hörst du von drinnen gedämpft die Stimme des Priesters Magolus: „He, was ... Was soll das ... Lass das, du Untier! Raus! Raus mit dir aus meiner Kirche, bei Notch!"

Die Tür geht auf, und Paul rennt kläffend heraus, gefolgt von Magolus. Der Priester hat ein zornrotes Gesicht. Vielleicht solltest du lieber einen Ort auswählen, an dem jemand wohnt, der sich nicht so leicht aufregt!

➢ Du bringst den Wolf nach Hause → 4

➢ Du bringst den Wolf in die Bibliothek → 248

➢ Du wirfst stattdessen ein Stöckchen → 134

➢ Du versuchst stattdessen, einen Knochen für Paul aufzutreiben → 52

„Du hast bewiesen, dass du nicht nur stark, sondern auch freundlich und klug bist", verkündet Gandi. „Damit akzeptieren auch wir, die Pilzsucher, dich als unseren neuen Clanführer. Es lebe Pixel!"

Alle Zombie-Pigmen jubeln. Vor Freude quiekt Pixel und hüpft herum. Schließlich fällt er Maffi und dir um den Hals. „Danke!", grunzt er. „Danke, dass ihr mir geholfen habt!"

„Gern geschehen", sagt Maffi.

„Du wirst sicher ein toller Clanführer", ergänzt du. „Aber jetzt müssen wir wieder nach Hause gehen."

„Och, schade!", jammert Pixel. „Wollt ihr nicht noch auf eine Pilzsuppe bleiben?"

„Äh, nein danke!", sagst du schnell.

➢ Weiter → 333

„Ja? Wirklich?", fragt Birta erfreut. „Wo ist er denn?"

Ja, wo ist Magolus eigentlich? Eine gute Frage. Normalerweise ist er immer in der Kirche.

Was antwortest du?

➢ „Er ist am Fluss spazieren gegangen." → 54

➢ „Er ist da, wo er war, als du ihn zuletzt gesehen hast." → 85

Kapitel 5: Im Nether

Plötzlich hast du wieder Boden unter den Füßen. Gleichzeitig schlägt dir eine Gluthitze entgegen wie von dem Ofen, in dem Porgo das Eisen für seine Werkzeuge schmilzt. Du trittst aus dem Portal in eine Höhle, deren Wände aus braunrotem Gestein bestehen.

Während du dich noch verwundert umsiehst, stolpern hinter dir Maffi und Pixel aus dem Netherportal.

„Hier ist es aber schön warm!", ruft der Zombie-Pigman, während Maffi gleichzeitig sagt: „Puh, ist das eine Hitze!"

In der Ferne leuchten seltsame, glühende Steine. Rechts führt ein Gang in die Tiefe.

Was tust du?

➤ Du gehst geradeaus weiter → 155

➤ Du folgst dem Gang nach unten → 167

141

Du holst tief Luft und hältst eine großartige Rede: „Ich habe einen Traum, dass sich eines Tages alle Zombie-Pigmen erheben werden und die wahre Bedeutung ihrer Überzeugung ausleben werden: Wir halten diese Wahrheit für selbstverständlich: Alle Zombie-Pigmen sind gleich erschaffen. Ich habe einen Traum, dass eines Tages auf den roten Hügeln des Nethers die Söhne

früherer Pilzsucher und die Söhne früherer Kampfgrunzer miteinander am Tisch der Brüderlichkeit sitzen können."

Die Pilzsucher klatschen Beifall, doch die Kampfgrunzer
lachen nur.

„Was ist das denn für ein dummes Gegrunze?", ruft Zoff.
„Fällt dir etwa nichts Besseres ein?"

➤ „Es muss endlich Frieden zwischen euren Clans herrschen"
→ 231

➤ „Wenn dich jemand auf die rechte Backe schlägt, dann halte
auch die linke hin" → 186

➤ „Ich kenne jemanden, der stärker und mutiger ist als du,
Zoff!" → 218

142

„Birta, ich kann nicht sehen, wie du immer schuftest, während
alle anderen im Dorf nur das Leben genießen", sagst du schein-
heilig. „Ich möchte dir gerne helfen."

Birtas Miene hellt sich auf. „Du willst mir helfen? Wirklich?
Das ist aber nett von dir! Na gut, du kannst den Boden wischen.
Aber schön ordentlich!"

Sie drückt dir ein Tuch in die Hand, bleibt jedoch in der
Kirche, um dich zu beaufsichtigen. Dir bleibt nichts anderes
übrig, als zu putzen, während du verzweifelt überlegst, wie du
sie aus der Kirche locken könntest.

➤ Weiter → 299

„Ich finde, es ist hier schon sauber genug, Birta", sagst du.

Sie rümpft die Nase. „Das bezweifle ich! Das hier ist immerhin das Haus Notchs. Es kann niemals sauber genug sein."

„Ich glaube, doch", widersprichst du. „Ich bin sicher, Notch findet es sauber genug."

„Woher willst du das wissen?", fragt sie schnippisch.

„Woher willst du wissen, dass es nicht so ist?", konterst du.

Darauf hat Birta erst einmal keine Antwort.

„Also gut, ich gehe und hole Magolus, der weiß, was Notch will. Er kann es entscheiden."

Damit verschwindet sie aus der Kirche. Kaum ist sie gegangen, schnappst du dir den Eimer und machst dich aus dem Staub.

➢ Weiter → 161

„Spinnst du?", fragt Maffi. „Wenn wir ihm die Karotte hinwerfen, frisst Pixel sie auf, und dann haben wir nichts mehr, womit wir ihn anlocken können!"

➢ „Wirf die Karotte trotzdem!" → 84

➢ „Warte, ich besorge etwas, woran wir sie festmachen können." → 116

Wenn du Paul nur irgendwo einsperren könntest, bis du das Schweinchen gerettet hast ... Die Frage ist nur, wo?

➢ Du bringst Paul nach Hause → 4

➢ Du sperrst Paul in die Kirche → 148

➢ Du sperrst Paul in die Bibliothek → 248

146

„Nein, so hab ich das nicht gemeint", erwiderst du. „Lass uns das lieber in Ruhe ausdiskutieren, okay?"

„Wusst ich's doch, dass ihr Feiglinge seid!", ruft Zoff. „Ergreift sie und opfert sie dem Feuergott!"

➢ Weiter → 330

147

„Ich glaube, da draußen ist ein Knallschleicher!", rufst du und zeigst aufgeregt auf die Kirchentür.

„Wirklich?", fragt Birta mit aufgerissenen Augen. „Bei Notch, was sollen wir nur machen? Was, wenn er explodiert und hier alles unordentlich macht?"

„Ich hab eine Idee", sagst du. „Ich kippe ihm einfach einen Eimer Wasser über den Kopf. Dann kann er nicht mehr explodieren."

„Ehrlich?", fragt Birta. „Das wusste ich gar nicht."

„Das hat mir mein Vater erzählt", behauptest du. „Und der muss es wissen, schließlich ist er der Dorfbeschützer."

Birta rümpft die Nase, doch dann nickt sie. „Also gut, aber sei vorsichtig!"

Du nimmst den Eimer und gehst vor die Kirche.

„Ha, nimm das, doofer Knallschleicher!", rufst du, bevor du dich mit dem Eimer aus dem Staub machst.

➢ Weiter → 161

148

Du gehst mit Paul zur Kirche. Als du an der Kirchentür lauschst, hörst du von drinnen lautes Schnarchen.

➢ Du machst die Tür auf und schubst Paul in die Kirche → 137

➢ Du bringst Paul lieber nach Hause → 4

➢ Du versuchst Paul stattdessen in der Bibliothek einzusperren → 248

149

Schließlich sind die beiden verfeindeten Clanführer so erschöpft, dass keiner mehr einen Schwertstreich führen kann.

„Genug!", ruft Gandi. „Wir sind offensichtlich beide gleich stark und können auf diese Weise keine Entscheidung herbeiführen."

„Kann sein", gibt Zoff zu. „Aber wer wird jetzt Oberclanführer?"

Die beiden sehen dich erwartungsvoll an. Was sagst du?

➤ „Gandi soll Oberclanführer werden!" → 2

➤ „Zoff soll Oberclanführer werden!" → 222

➤ „Mein Freund Pixel soll euer Anführer sein!" → 229

150

Du gibst dem Zombie-Pigman das Schwert. „Pixel, kannst du das Ding da bitte kurz für mich erledigen?"

„Ich ... ich hab aber Angst vor Spinnen!", sagt Pixel und gibt dir das Schwert zurück. „Mach du das lieber!"

Während ihr noch diskutiert, greift das Monster an.

Würfle einmal. Welche Zahl liegt oben?

➤ Eine Drei oder weniger → 259

➤ Eine Vier oder mehr → 154

151

Vorsichtig pirschst du dich um die Ecke, wobei du gebückt gehst, so dass man dich von drinnen nicht sieht.

„Was machst du denn da, Nano?", erklingt plötzlich eine Stimme. Sie gehört Jarga, der Schäferin, die offenbar gerade auf dem Weg zur östlichen Wiese ist, wo ihre Schafe weiden. Wenn sie Mama erzählt, dass du hier herumschleichst, hast du ein Problem!

Was antwortest du?

➤ „Hallo Jarga. Du hast nicht zufällig einen Eimer dabei?"
→ 206

➤ „Ich suche einen Smaragd." → 70

➤ „Ich spiele verstecken mit Maffi." → 252

152

„Tolle Idee, Pixel, wirklich!", rufst du sarkastisch. „In Lava baden ist bestimmt total gesund!"

„Glaub ich auch", sagt der Zombie-Pigman und springt in den Teich.

Maffi schreit vor Entsetzen, und auch du bist vor Schreck wie gelähmt. Doch Pixel geht nicht in Flammen auf. Stattdessen plantscht er fröhlich im Teich herum, als sei der nicht mit Lava, sondern mit lauwarmem Badewasser gefüllt.

„Es ist toll hier drin, wirklich!", ruft er begeistert. „Kommt doch auch rein!"

➤ Du springst auch in den Lavateich → 282

➤ Du wartest, bis Pixel wieder herauskommt → 23

153

„Weißt du denn das Passwort, Asimov?", fragst du.

„Klar weiß ich das. Wie sollte ich sonst kontrollieren, wer Zugriff hat?"

„Und wie lautet es?"

„Ha!", macht der Golem. „Du hältst mich wohl für blöd, was? Kann ich verstehen. Um in diesem Dorf rumzulatschen und jeden Mist zu machen, den die Leute einem sagen, muss man ja blöd sein. Oder Opfer eines hinterhältigen Angriffs mit einem Zaubertrank durch eine gewisse Hexe."

➢ Du versuchst, das Passwort zu erraten → 28

➢ „Asimov, nenne mir das Passwort!" → 287

➢ „Asimov, gib mir die Sachen aus der Kiste!" → 13

154

Du kämpfst erbittert gegen das riesige Monster. Mit seinen acht Armen versucht es, dich zu Boden zu reißen und dir das Schwert aus der Hand zu schlagen, doch du weichst seinen Attacken geschickt aus. Schließlich schaffst du es, der Spinne das Schwert in den Leib zu stoßen.

Mit einem hässlichen Geräusch löst das Tier sich auf und lässt einen Faden aus Spinnenseide zurück, den du einsteckst.

➢ Weiter → 212

155

Du folgst dem Verlauf der Höhle. Nach einigen Biegungen mündet sie in eine weitere Höhle, die allerdings viel größer ist. Staunend bleibst du stehen und betrachtest das unheimliche Panorama.

Vor euch fällt ein Abhang steil ab. Ein Haufen Glühsteine klebt hoch oben an der Höhlendecke und taucht die Szenerie in gruseliges Licht. In der Ferne ergießt sich ein Lavastrom aus einem Loch in der Decke in die Tiefe. Nicht weit entfernt lodern Feuer. Als du genauer hinsiehst, erkennst du, dass es der steinerne Untergrund selbst ist, der brennt.

„Ganz schön unheimlich hier!", stellst du fest.

„Pixel, willst du nicht doch lieber mit uns zurück ins Dorf kommen?", fragt Maffi flehend.

Doch der Zombie-Pigman schüttelt seinen halb verwesten Kopf. „Ich find es hier toll. Danke, dass ihr mich hergebracht habt!"

Was nun?

➢ Du genießt noch ein wenig die Aussicht → 190

➢ Du kletterst den steilen Hang hinab → 313

➢ Du wendest dich nach links → 106

➢ Du gehst nach rechts → 83

156

„Hallo, Nano!", ruft Kaus freundlich. „Na, wem willst du heute einen Streich spielen?" Er lacht.

Wieso glauben eigentlich alle im Dorf, dass du ständig Unsinn machst? Das ist total ungerecht, und außerdem stimmt es nur manchmal!

„Ich suche bloß etwas, woran man eine Karotte binden kann, um damit ein Ferkel anzulocken", erklärst du.

Kaus runzelt die Stirn. „Dazu bräuchtest du einen langen Stock mit einem Seil daran", stellt er fest.

„Ja, genau!", stimmst du zu. „Hast du vielleicht einen für mich?"

„Ich?", fragt Kaus. „Woher soll ich denn einen Stock mit einem Seil dran haben?"

Du merkst, dass dich das Gespräch nicht weiter bringt.

➤ Weiter → 89

157

Als das Monster heranhüpft, schlägst du mit dem Schwert danach, richtest jedoch kaum Schaden an. Das springende Ungetüm macht einen Satz auf dich und zerquetscht dich mit seinem gewaltigen Gewicht.

Dein Abenteuer endet hier. Wenn du willst, kannst du ausprobieren, was passiert wäre, wenn du dich anders entschieden hättest.

➤ Zurück zum Anfang des Kapitels → 140

158

„Bitte ihn um einen Teller Pilzsuppe!", raunst du Pixel zu. Der nickt.

„Darf ich bitte einen Teller Pilzsuppe probieren?", fragt er.

Gandi wirft ihm einen kritischen Blick zu, doch dann nickt er. „Na gut, warum nicht."

Er holt einen dampfenden Teller aus der Höhle der Pilzsucher. Pixel schnüffelt daran, rümpft die Nase, trinkt einen

Schluck. Seine Augen werden groß. Dann trinkt er die ganze Suppe in einem Zug aus.

„Mhhmm!", ruft er. „Die ist ja wirklich lecker! Darf ich noch einen Teller haben?"

Gandi strahlt.

➢ Weiter → 138

159

Du schwingst das Schwert und triffst den Feuerball, der zu deiner Überraschung zu dem Monster zurückgeschleudert wird und explodiert. Das Wesen stößt ein schreckliches Jammern aus und stürzt in die Tiefe.

➢ Weiter → 175

160

Eine Diamantenspitzhacke, um den Obsidian abzubauen, aus dem dann das Tor gebaut wird, klar. Ein Feuerzeug, um das Portal zu aktivieren. Ein Schwert, um sich der unglaublich vielen fiesen Monster zu erwehren, die auf der anderen Seite lauern. Eine Schaufel, um ... für was war noch mal die Schaufel? Und wo bekommst du eigentlich den Obsidian her?

Irgendwas stimmt da noch nicht. Du denkst noch mal genau nach.

➢ Weiter → 26

Einen Eimer hast du also jetzt, fehlen noch Feuerzeug, Diamantenspitzhacke und Schwert.

Der einzige Mann im Dorf, von dem du weißt, dass er ein
Feuerzeug besitzt, ist dein Großvater Porgo, der Schmied. Er
arbeitet in der Schmiede direkt bei eurem Haus.

Du näherst dich der Schmiede so, dass man dich aus dem
Inneren eures Hauses nicht sehen kann.

„Hallo, Nano!", ruft dein Großvater. „Du siehst aus, als
führtest du irgendetwas im Schilde, habe ich recht?" Er lacht.

Was antwortest du?

➤ „Ich wollte nur mal Hallo sagen." → 201

➤ „Ich wollte dir ein bisschen beim Schmieden zugucken."
→ 25

➤ „Ich wollte gerade wieder gehen." → 171

Du läufst vor dem Monster davon in Richtung der Klippe.

„Nano! Was tust du da?", ruft Maffi entsetzt. „Du wirst in
den Tod stürzen!"

Doch du hast andere Pläne. Am Rand des Abgrunds drehst
du dich um und wartest seelenruhig, bis der hüpfende Würfel
dicht herankommt. Als er auf dich springen will, wirfst du dich
rasch zu Boden. Das Monster fliegt über dich hinweg und stürzt
in die Tiefe, wo es dir nicht mehr schaden kann.

Maffi und Pixel kommen angelaufen. „Wow!", sagt das Mädchen. „Das war wirklich cool von dir!"

„Sieh mal, da kommen noch mehr, die dir gratulieren wollen!", ruft Pixel und zeigt auf eine Gruppe von Zombie-Pigmen, die mit gezogenen Schwertern auf dich zulaufen.

➢ Weiter → 324

163

In diesem Chaos ein Buch zu finden, ist wirklich verdammt schwierig! Vielleicht wäre es doch besser, Nimrod, den Bibliothekar, um Hilfe zu bitten.

➢ Du suchst tapfer weiter → 108

➢ Du fragst Nimrod → 258

164

Du betrittst die Höhle. „Äh, hallo, mein Name ist Nano, und ich bin hier, weil ich den Kopf von eurem Anführer ... ich meine, diese anderen Zombie-Pigmen haben meine Freunde gefangen, und ..."

„Nun setzt dich erstmal und nimm einen Schluck Suppe", sagt einer der Zombie-Pigmen. „Und dann erzähl uns alles noch mal ganz in Ruhe!"

Was tust du?

➢ Du folgst der Aufforderung und trinkst etwas von der Suppe → 274

➢ Du lehnst ab → 80

„Pixel, wenn du Zoff nicht besiegst, wird er uns alle in eine tiefe Schlucht werfen lassen, um uns dem Feuergott zu opfern!", sagst du eindringlich.

„Oh oh oh, jetzt hab ich noch mehr Angst!", quiekt Pixel.

So kommst du nicht weiter. Was sagst du?

➤ „Du bist stark und mutig!" → 38

➤ „Es ist ein Klacks, Zoff zu besiegen." → 16

➤ „Es ist nicht schlimm, Angst zu haben." → 302

➤ „Ich weiß nicht mehr weiter." → 50

„Geh du zu deinem Großvater und besorge ein Buch über den Nether", sagst du zu Maffi. „Ich kümmere mich um ein Versteck für Pixel."

Sie ist einverstanden und läuft ins Dorf.

➤ Weiter → 315

Der Gang führt in mehreren Windungen immer tiefer in den Untergrund des Nethers. Wenigstens wird es ein bisschen kühler. Doch schließlich endet der Gang abrupt in einer Sackgasse. Euch bleibt nichts anderes übrig, als umzukehren und der Haupthöhle in Richtung der Glühsteine zu folgen.

➤ Weiter → 155

„Ich war mit Maffi auf der Wiese neben der Schlucht", erzählst du. „Aber dann ist der Blitz in Pixel eingeschlagen und er wurde ein Zombie-Pigman, weil nämlich eigentlich ist er ein Ferkel, und jetzt wollen wir ihm helfen, in den Nether zu kommen, zu den anderen Zombie-Pigmen, und deshalb brauche ich ein Buch, in dem steht, wie man da hinkommt."

Kolle lacht schallend. „Dein Sohn hat eine blühende Fantasie, Primo, das muss man ihm lassen! Ganz der Vater, würde ich sagen."

Auch Papa lacht und tätschelt dir den Kopf. „Schön, mein Sohn, was du dir für Geschichten ausdenkst. Aber jetzt geh wieder spielen, wir beide haben was zu besprechen."

„Aber es stimmt ...", wendest du ein, doch die beiden beachten dich gar nicht mehr.

➢ Du fragst Nimrod nach einem Buch → 258
➢ Du suchst einfach selbst in den Bücherregalen → 108

Du kämpfst verbissen gegen den Nachtwandler, doch das Monster ist stärker. Es entreißt dir das Schwert und stürzt sich auf dich. Du schreist um Hilfe, während Pixel und Maffi entsetzt quieken.

Hilflos bist du den Schlägen des wütenden Nachtwandlers ausgeliefert. Doch plötzlich sirrt eine schimmernde Klinge durch die Luft und trifft das Monster in der Brust. Es löst sich mit einem schauderhaften Geräusch auf, und nur ein paar Fetzen fauligen Fleisches bleiben zurück.

„Nano!", ruft dein Vater. „Bist du verletzt?"

Du rappelst dich auf und schüttelst den Kopf, froh, dass dich dein Vater in letzter Minute gerettet hat. Du lässt es zu, dass er dich nach Hause bringt.

Dein Abenteuer ist hier zu Ende. Wenn du willst, kannst du ausprobieren, was passiert wäre, wenn du dich anders entschieden hättest.

➢ Zurück zum Anfang des Kapitels → 296

170

Mama ist dabei, das Essen auf den Tisch zu stellen. Es gibt Pilzsuppe – schon wieder! Besser, du machst dich aus dem Staub.

➢ Du schleichst dich hinter das Haus → 151
➢ Du gehst zur Kirche → 295

171

„Ich wollte gerade ...", beginnst du, als dein Blick auf die Spitzhacke fällt, die dein Großvater gerade herstellt. Ihre Spitzen glitzern und funkeln wie von Diamanten.

„Du wolltest gerade ins Haus gehen, stimmt's?", sagt Pogo. „Deine Mutter hat nämlich schon nach dir gesucht. Ich würde sie an deiner Stelle nicht warten lassen!"

Was tust du?

➢ Du fragst Porgo nach der Spitzhacke → 332

➢ Du gehst ins Haus → 181

172

Du ziehst das Schwert und versuchst, den Feuerball beiseite zu schlagen.

Würfle einmal. Wie lautet das Ergebnis?

➢ Vier oder weniger → 32

➢ Fünf oder sechs → 159

173

„Mach ihm ein Kompliment", schlägst du vor. „Sag ihm, wie toll er aussieht!"

Pixel zuckt mit den Schultern. „Du siehst wirklich gut aus!", behauptet er.

„Ach, wirklich?", fragt Gandi und stellt sich in Pose. „Was genau gefällt dir denn so gut an mir?"

Pixel sieht dich hilfesuchend an und flüstert: „Was soll ich sagen?"

Was antwortest du?

➢ „Du hast so rosige Haut!" → 286

➢ „Du hast so hübsche Augen!" → 43

➢ „Du bist einfach wunderschön!" → 225

➢ „Eigentlich finde ich dich gar nicht so schön." → 126

„Jetzt reicht es mir!", ruft Zoff. „Dein Freund ist ein Feigling, genau wie du! Ergreift sie und opfert sie dem Feuergott!"

Die Zombie-Pigmen packen euch und zerren euch zu einem tiefen Abgrund, in dem Lava glüht. Ohne langes Aufhebens stürzen sie euch hinein.

Dein Abenteuer ist hier zu Ende. Wenn du willst, kannst du ausprobieren, was passiert wäre, wenn du dich anders entschieden hättest.

➤ Zurück zum Anfang des Kapitels → 247

Plötzlich hörst du seltsame Grunzlaute in der Nähe, die wie Wörter klingen: „Beim Feuergott! Der Fremde hat einen Ghast getötet!"

Du drehst dich um. Es war nicht Pixel, der gesprochen hat, obwohl die Wesen, die nun mit gezogenen Schwertern auf euch zu kommen, genauso aussehen wie er.

Was tust du?

➤ Du redest mit den Zombie-Pigmen → 324

➤ Du ergreifst die Flucht → 135

Du drückst Maffi das Schwert in die Hand. „Hier, erledige du das!"

Sie sieht dich entgeistert an. „Was, ich? Aber ich kann nicht kämpfen!"

➢ Du bittest Pixel, gegen den Nachtwandler zu kämpfen → 221

➢ Du kämpfst selbst → 97

➢ Du fliehst → 288

„Großer Kämpfer Nano, der Feuergott hat dich zu uns geschickt", sagt Zoff. „Mit deiner Hilfe werden wir unsere Feinde, die feigen Pilzsucher, endgültig vernichten! Bist du bereit, diese Aufgabe anzunehmen?"

Was antwortest du?

➢ „Na gut, einverstanden." → 209

➢ „Und was, wenn ich nicht will?" → 314

➢ „Kommt nicht infrage!" → 184

„Du könntest doch einfach Zoff als Anführer akzeptieren", schlägst du vor. „Dann wäre der Streit zwischen euren Clans beendet."

„Zoff? Niemals werde ich den als Clanführer akzeptieren!", widerspricht Gandi. „Er ist brutal, er ist dumm, und er stinkt!

Und vermutlich würde er uns ohnehin alle in eine Schlucht werfen lassen, wenn wir uns ergeben. Nein, das ist keine Lösung."

Was antwortest du?

➤ „Warum willst du nicht gegen Zoff kämpfen?" → 124

➤ „Könnte nicht jemand anderes euer gemeinsamer Anführer sein?" → 136

179

Einer der neu hinzugekommenen Zombie-Pigmen – er scheint so etwas wie der Anführer zu sein – stellt sich vor dich.

„Wer bist du, Fremder, dass du es wagst, einen Kampfgrunzer anzugreifen? Grunz die Wahrheit!"

➤ „Wir kommen von der Oberwelt" → 240

➤ „Wir sind Pilzsucher" → 87

180

Du weißt auch nicht, was das für ein seltsames Ding ist. Doch ein bisschen unheimlich ist es schon, vor allem, wenn es so wie jetzt ein schrilles Geräusch ausstößt und einen Feuerball auf dich abschießt.

Du musst dich schnell entscheiden, was du tust!

➤ Du springst zur Seite → 64

➤ Du versuchst, den Feuerball mit dem Schwert abzuwehren → 172

Du gehst ins Haus.

„Da bist du ja endlich!", schimpft Mama. „Deine Pilzsuppe ist schon ganz kalt! Setz dich hin und iss!"

Als du endlich mit dem Mittagessen fertig bist, ist Porgo verschwunden, und die Diamantenspitzhacke auch.

Dein Abenteuer ist hier zu Ende. Wenn du willst, kannst du ausprobieren, was passiert wäre, wenn du dich anders entschieden hättest.

➤ Zurück zum Kapitelanfang → 105

182

Du schaffst es mit knapper Not, dem Feuerball auszuweichen, der explodiert, als er auf dem Boden auftrifft. Das rötliche Gestein fängt sofort Feuer.

Was nun?

➤ Du ergreifst die Flucht → 6

➤ Du versuchst, den nächsten Feuerball mit dem Schwert abzuwehren → 172

183

„Um Notchs willen, bleib von dem Lavateich weg!", warnst du.

„Warum denn?", will Pixel wissen. „Das sieht doch recht kuschelig aus."

„Du wirst verbrennen, wenn du da reinspringst!", erklärst du.

„Glaub ich nicht", sagt der Zombie-Pigman und springt in den Teich.

Maffi schreit vor Entsetzen, und auch du bist vor Schreck wie gelähmt. Doch Pixel geht nicht in Flammen auf. Stattdessen plantscht er fröhlich im Teich herum, als sei der nicht mit Lava, sondern mit lauwarmem Badewasser gefüllt.

„Es ist toll hier drin, wirklich!", ruft er begeistert. „Kommt doch auch rein!"

➤ Du springst auch in den Lavateich → 282

➤ Du wartest, bis Pixel sein Lavabad beendet hat → 23

184

„Tut mir leid, aber ich will mich nicht in eure albernen Streitigkeiten einmischen", sagst du.

Zoff blickt dich finster an. „Unseren heldenhaften Kampf gegen die feigen Pilzsucher nennst du alberne Streitigkeiten?", brüllt er. „Das ist eine Beleidigung! Dafür werden wir euch dem Feuergott opfern!"

➤ Weiter → 330

185

Ein Eimer, um Wasser über die Lava zu gießen und so den Obsidian zu erzeugen, aus dem das Tor gebaut wird, logisch. Eine Diamantenspitzhacke, um ihn abzubauen. Ein Feuerzeug, um das Portal zu aktivieren. Eine Schaufel, um ... damit den Monstern im Nether auf den Kopf zu hauen? Oder sich bei Gefahr schnell im Boden einzugraben?

Irgendwas stimmt da noch nicht. Du denkst noch mal genau nach.

➤ Weiter → 26

186

Du breitest die Arme aus und rufst: „Wahrlich, ich sage euch: Verzichtet auf Gegenwehr, wenn euch jemand Böses tut! Mehr noch: Wenn dich jemand auf die rechte Backe schlägt, dann halte auch die linke hin. Liebt eure Feinde und betet für alle, die euch verfolgen. So erweist ihr euch als Kinder Notchs im Himmel.“

Einen Moment lang sehen dich alle verständnislos an.

„Wir sollen unsere Feinde, die Pilzsucher, lieben?“, grunzt Zoff verächtlich. „Das ist der größte Unfug, den ich je gehört habe. Aber schön, wenn sie uns die eine Backe hinhalten, dann versprechen wir, dass wir auch auf die andere draufhauen!“

Du seufzt innerlich, während du überlegst, was du sagen sollst.

➤ „Es muss endlich Frieden zwischen euren Clans herrschen“ → 231

➤ „Ich habe einen Traum“ → 141

➤ „Ich kenne jemanden, der stärker und mutiger ist als du, Zoff!“ → 218

„… sondern groß und hässlich, so wie ihr alle", beendest du den Satz.

Empörtes Grunzen erhebt sich von allen Seiten.

„Nimm das sofort zurück!", quiekt Pixel erbost. „Ich bin nicht hässlich, ich bin ein Zombie-Pigman. Wir sehen nun mal so aus, wie wir aussehen. Daran können wir nichts ändern, und das wollen wir auch gar nicht!"

„Bravo, gut gesprochen!", lobt Gandi.

➢ Weiter → 138

„Der Fremde hat Schweineba…, ich meine, Haudruff besiegt!", sagt einer beiden anderen Zombie-Pigmen.

„Das sind nie und nimmer feige Pilzsucher!", stellt der andere fest.

➢ Weiter → 179

„Magolus hat gesagt, dass ich ihm den Eimer bringen soll!", behauptest du. „Er braucht ihn, um … um …"

„Um was?", fragt Birta misstrauisch.

Was antwortest du?

➢ „… um die Blumen zu gießen." → 46

➢ „… um Suppe zu kochen." → 34

➢ „… um, äh, heiliges Wasser zu machen." → 42

Du bleibst stehen und beobachtest die Umgebung weiter. Plötzlich erklingt ein schauriges Jammern aus weiter Ferne.

„Was war das?", ruft Maffi. „Es klingt, als wäre da jemand in Not!"

„Für mich klingt das eher unheimlich", erwiderst du.

„Seht mal, da unten der hüpfende Kasten!", sagt Pixel und zeigt auf ein schwarzes Ding, das auf der Ebene am Fuß des Steilhangs herumhüpft. Es ist ziemlich groß und hat rot glühende Augen.

Was tust du?

➢ Du folgst dem jammernden Geräusch nach links → 106

➢ Du kletterst den Hang hinab zu dem Hüpfding → 313

➢ Du gehst nach rechts → 83

Du überlegst noch mal. Es stimmt, tagsüber sind Spinnen harmlos, aber nachts?

„Wenn ich so drüber nachdenke, sind sie vielleicht doch nicht so harmlos", gibst du zu.

Kaum hast du das ausgesprochen, greift das Monster auch schon an.

Würfle einmal! Wie lautet das Ergebnis?

➢ Drei oder weniger → 259

➢ Vier oder mehr → 154

Ein Eimer, um Wasser über die Lava zu gießen und so den Obsidian zu erzeugen, aus dem das Tor gebaut wird, logisch. Eine Diamantenspitzhacke, um ihn abzubauen. Ein Schwert, um sich der unglaublich vielen fiesen Monster zu erwehren, die auf der anderen Seite lauern. Eine Schaufel, um ... für was war noch mal die Schaufel? Und wie aktiviert man das Portal eigentlich?

Irgendwas stimmt da noch nicht. Du denkst noch mal genau nach.

➤ Weiter → 26

„Halt, Moment!", rufst du. „Ich ... ich glaube, ich bin doch nicht der Richtige, um Eure Clans zu vereinen!"

„Was?", ruft Zoff empört. „Erst verprügelst du mich, und dann willst du doch nicht unser Anführer werden?"

„Was ihr braucht, ist nicht jemand von der Oberwelt", erklärst du. „Ihr braucht einen Zombie-Pigman als Anführer!"

„Hatten wir das nicht schon mal?", fragt Zoff verwirrt. „Wer soll denn nun unser Anführer sein?"

„Mein Freund Pixel ist der Richtige für euch!", verkündest du. „Er ist mutig, stark und nett. Genau das, was ihr braucht."

„Ach wirklich?", fragt Zoff skeptisch. „Das will ich genau wissen! Bringt unsere Gefan... äh, Gäste her. Dann werden wir ja sehen, wie stark dieser Pixel ist!"

Zwei Kampfgrunzer machen sich auf den Weg, um deine Freunde zu holen.

➢ Weiter → 236

194

„Hallo Asimov", sagst du.

„Hallo Nano", erwidert er. „Kannst du dem Köter nicht mal beibringen, dass eine Katze kein Wolfsfutter ist?"

„Paul, aus!", rufst du energisch, doch der Wolf ignoriert dich und springt weiter bellend an dem Golem hoch.

„Es ist schön, zu sehen, dass ich nicht der Einzige in diesem Dorf bin, der einfach ignoriert wird", sagt Asimov missmutig. „Ich glaube, es ist besser, du gehst jetzt. Dieses Gekläffe verängstigt die arme Mina, und mir geht es auch auf die Schaltkreise!"

➢ Du kehrst um und gehst mit Paul zur Schlucht → 261

➢ Du gehst an Asimov vorbei und überquerst die Brücke → 304

195

Du nimmst Paul den Stock ab und wirfst ihn noch einmal, diesmal mit mehr Wucht. Der Wolf rennt kläffend hinter dem Stock her. Es dauert ein bisschen länger, bis er wieder bei dir ist, doch nicht lange genug, um in der Zwischenzeit das Ferkel zu retten.

➢ Du wirfst den Stock gaaaanz weit weg → 33

➢ Du besorgst Paul einen Knochen → 52

➢ Du versuchst, Paul irgendwo einzusperren → 145

196

„Du hast Angst vor einer Riesenspinne?", lachst du Maffi aus. „Jeder weiß doch, dass ..."

Weiter kommst du nicht, denn die harmlose Riesenspinne greift dich an. Du hast gerade noch Zeit, dein Schwert zu ziehen.

Würfle einmal! Wie lautet das Ergebnis?

➢ Vier oder weniger → 259

➢ Fünf oder sechs → 154

197

„Ist nicht mein Problem, wenn das dumme Schwein Angst vor einem harmlosen Wolf hat", sagst du. „Komm, Paul, wir gehen!"

Du kannst Maffis wütende Blicke in deinem Rücken spüren, während du zurück zur Schlucht spazierst.

Kurz darauf fängt es an zu regnen, und dann bricht ein heftiges Gewitter los. Rasch kehrst du mit Paul nach Hause zurück.

Der Rest des Tages verläuft ereignislos. Wer weiß, was noch alles passiert wäre, wenn du Maffi geholfen hättest, das Ferkel zu retten. Aber das wirst du nie erfahren ... oder doch?

Dein Abenteuer ist hier zu Ende.

➢ Noch mal von vorn anfangen → 1

198

„Ich brauche ihn, damit ich ein Netherportal bauen kann, um Pixel, den Zombie-Pigman, in den Nether zu bringen", erklärst du.

„Du denkst wohl, ich bin dumm, was?", fragt Birta.

„Nein, gar nicht", sagst du, obwohl es genau das ist, was du denkst.

„Also, wofür willst du den Eimer wirklich haben?"

Was antwortest du?

➢ „Magolus hat gesagt, ich soll ihm den Eimer holen." → 189
➢ „Ich möchte dir beim Putzen helfen." → 142

199

Am Fluss steht Olum, der Fischer, und angelt.

„Hallo, Olum!", rufst du. „Kannst du mir mal kurz deine Angel leihen?"

„Meine Angel?", fragt Olum. „Was willst du denn damit?"

➢ „Ich will Fische angeln." → 203
➢ „Ich will daraus einen Bogen basteln." → 283
➢ Du erklärst, was du vorhast. → 79

Dir fällt ein, dass es hier auf der Wiese eine flache Höhle gibt, nicht viel mehr als ein kurzer Tunnel. Du hast darin schon öfter Verstecken gespielt.

„Komm mit, Pixel!", rufst du und führst ihn zu der Höhle. „Da drin kannst du bleiben. Wir dichten die beiden Eingänge mit etwas Erde ab, dann wird es schon gehen."

Pixel betrachtet das Loch in der Erde skeptisch. „Da soll ich rein? Das sieht aber ziemlich ungemütlich aus!"

„Nur, bis wir einen Weg in den Nether gefunden haben", beruhigst du ihn.

„Ach so. Na gut."

Pixel klettert in die Höhle und verschwindet im dunklen Eingang. Im nächsten Moment hörst du ein entsetztes Quieken aus dem Inneren der Höhle.

➢ Du folgst Pixel in die Höhle → 35

➢ Du bleibst lieber draußen → 328

„Ich wollte dir nur Hallo sagen", sagst du.

„Schön", erwidert Porgo. „Am besten, du gehst gleich ins Haus. Deine Mutter hat schon nach dir gesucht."

Während er das sagt, fällt dein Blick auf die Spitzhacke, die dein Großvater gerade herstellt. Ihre Spitzen glitzern und funkeln wie von Diamanten.

Was tust du?

➤ Du fragst Porgo nach der Diamantenspitzhacke → 332

➤ Du gehst ins Haus → 181

202

Klar, Mama hat doch einen Putzfimmel. Dauernd rennt sie mit einem Eimer durchs Haus und wischt irgendwas sauber, was angeblich du schmutzig gemacht hast. Außerdem müsste da noch irgendwo der Eimer sein, in dem die Milch war, die du heute Morgen verschüttet hast.

Andererseits kannst du Mama nicht einfach nach einem Eimer fragen. Sie ist sehr misstrauisch und denkt dauernd, dass du irgendwelchen Unsinn machen willst. Wie sie auf die Idee kommt, ist dir schleierhaft. Was nun?

➤ Du siehst durchs Fenster → 102

➤ Du schleichst dich hinter das Haus → 151

➤ Du guckst lieber erstmal in der Kirche nach → 295

203

„Du willst Fische angeln? Mit meiner Angel?", fragt Olum. „Aber das geht nicht. Die armen Fische sind es nicht gewohnt, wenn jemand anderes meine Angel auswirft. Das könnte sie scheu machen. Fische sind sensible Tiere, weißt du. Man muss nett zu ihnen sein, wenn man sie angelt."

Unverrichteter Dinge kehrst du zum Teich zurück.

➢ Du schlägst vor, die Karotte dem Ferkel zuzuwerfen. → 144

➢ Du suchst im Dorf nach einem geeigneten Gegenstand. → 89

204

„Tut mir leid, Pixel, aber der Weg in den Nether ist viel zu gefährlich", sagst du. „Wir können dir nicht helfen."

„Seit wann bist du denn so ein Angsthase?", fragt Maffi empört. „Ich dachte, du wärst ein echter Krähenfuß und hättest vor gar nichts Angst!"

„Hab ich auch nicht!", verteidigst du dich. „Aber deshalb muss ich ja nicht gleich in den Nether gehen!"

„Du bist kein Krähenfuß, du bist ein Hasenfuß!"

„Bin ich gar nicht!"

„Bist du wohl!"

➢ „Na gut, dann bringen wir ihn eben in den Nether." → 297

➢ „Mir reicht's, ich geh jetzt nach Hause!" → 66

205

„Hier, Pixel, trink das", sagst du und hältst ihm den Trank hin.

Der Zombie-Pigman schnüffelt an der Flasche. „Hmm, riecht nach nichts. Was ist denn das für ein Trank?"

Was antwortest du?

➢ „Der Trank macht unsichtbar." → 61

➢ „Der Trank macht dich unbesiegbar!" → 241

➢ „Ich habe keine Ahnung, was der Trank bewirkt." → 300

Du richtest dich auf.

„Oh, hallo Jarga! Du hast nicht zufällig einen Eimer dabei, den du mir leihen kannst?"

„Was soll ich denn mit einem Eimer? Meine Schafe geben doch keine Milch!"

In diesem Moment erklingt die Stimme deiner Mutter, die dich durchs Fenster gesehen hat: „Da bist du ja, Nano. Komm rein, es gibt Mittagessen!"

Dir bleibt nichts übrig, als der Anweisung zu folgen.

➢ Weiter → 99

Als die beiden ihre Schwerter heben und erschöpft aufeinander zu wanken, siehst du ein, dass keiner der beiden vom jeweils anderen Clan akzeptiert werden wird. Es gibt nur eine Lösung, wie wieder Frieden zwischen den Clans herrschen kann: Pixel muss der Oberclanführer werden.

➢ Weiter → 229

Großvater sagt doch immer, wie stolz er auf seinen Enkelsohn ist. Vielleicht hat er ja sein Passwort nach dir benannt?

„Nano", sagst du.

„Das ist leider korrekt", schnarrt Asimov. „Zugriff auf den Gerätespeicher gestattet. Obwohl ich sicher bin, dass das wieder nur Ärger gibt." Er stößt einen metallischen Seufzer aus. „Warum nehmen bloß alle immer so leicht zu erratende Passwörter?"

Rasch schnappst du dir die Diamantspitzhacke, das Schwert und das Feuerzeug und läufst damit zurück zu Pixels Versteck.

➢ Weiter → 296

209

„Klar, kein Problem", antwortest du.

„Ich wusste, du bist ein mutiger und tapferer Kämpfer", sagt Zoff. „Die Höhle der Pilzsucher ist unten am Lavasee. Bring uns den Kopf von Gandi, dem feigen Anführer der Pilzsucher, zum Beweis deiner Tat! Deine Freunde hier werden so lange unsere, äh, Gäste sein."

„He, Augenblick mal!", wendest du ein.

Was sagst du noch?

➢ „Wieso dürfen mich Maffi und Pixel nicht begleiten?"
   → 104

➢ „Und was, wenn ich es nicht tue?" → 314

210

„Das ist ein schreckliches Monster aus dem Nether!", rufst du. „Du musst uns helfen, Magolus!"

„Was?", macht Magolus erschrocken. „Äh, hm, nun gut, ich laufe rasch in die Kirche und bitte Notch um Beistand!"

Damit verschwindet er hastig, und ihr könnt euren Weg ungestört fortsetzen.

➢ Weiter → 59

211

„Du hast recht, wir beide haben im Nether nichts verloren", stimmst du Maffi zu. „Pixel, geh du allein durch das Portal."

Der Zombie-Pigman macht ein enttäuschtes Gesicht. „Seid ihr ganz sicher, dass ihr nicht doch mitkommen wollt?", fragt er. „Im Nether ist es bestimmt ganz toll!"

➢ „Ja, geh du allein hindurch!" → 250

➢ „Na gut, wir kommen mit dir." → 293

212

Ohne weitere Zwischenfälle erreicht ihr den Lavateich.

„Au fein, Lava!", freut sich Pixel. „Lasst uns ein Bad nehmen!"

Was antwortest du?

➢ „Gute Idee! In Lava schwimmen wollte ich immer schon mal!" → 152

➢ „Du willst in Lava baden? Du spinnst wohl!" → 183

➢ „Nimm du von mir aus ein Bad, ich verzichte dankend!" → 243

„Was wollt ihr denn noch von mir?", seufzt Pixel. „Ich bin nett. Glaube ich jedenfalls."

„Das kann jeder sagen!", behauptet Gandi. „Aber kannst du es auch beweisen?"

„Wie soll ich das denn beweisen?", fragt Pixel. Er wendet sich hilfesuchend an dich. „Hast du vielleicht eine Idee, Nano?"

Was antwortest du?

➤ „Sag ihm, dass du Pilzsuppe magst!" → 73

➤ „Erzähl ihm, dass du früher ein niedliches kleines Ferkel warst." → 279

➤ „Sag ihm, dass er gut aussieht." → 173

Rasch läufst du zum Haus des Fleischers Hakun. „Hast du vielleicht einen Knochen für mich?", bittest du.

„Was willst du denn damit?", fragt Hakun zurück.

Was willst du ihm antworten?

➤ „Ich brauche ihn für Paul, den Wolf" → 215

➤ „Meine Mutter will daraus Suppe kochen" → 130

➤ „Ich will damit ein Skelett anlocken" → 74

Hakun macht eine finstere Miene. „Etwa der Wolf, der immer meine Kühe scheu macht? Und der soll zur Belohnung auch noch einen Knochen von mir bekommen? Kommt überhaupt nicht infrage!"

Du kehrst unverrichteter Dinge zum Teich zurück, wo Paul immer noch das verängstigte Schweinchen ankläfft.

➢ Du wirfst ein Stöckchen → 134
➢ Du versuchst, Paul irgendwo einzusperren → 145

Du klopfst an Olums Haustür, aber niemand öffnet.

➢ Weiter → 89

Pixel stürzt sich siegessicher auf den Anführer der Kampfgrunzer, der von der plötzlichen Attacke überrascht ist. Er kann dem Angriff nur knapp ausweichen. Doch er ist ein erfahrener Kämpfer, während Pixel zum ersten Mal in seinem Leben ein Schwert schwingt. Er blockt einen wilden Schlag deines Freundes mit seinem Schwert ab, dreht sich einmal und schlägt nach Pixels Bein.

„Aua!", quiekt dein Zombie-Pigman-Freund. „Sag mal, spinnst du? Das tut doch weh!"

Zoff lässt sich nicht beirren und schlägt erneut zu. Diesmal trifft er Pixel am Arm, so dass ihm das Schwert aus der Hand fällt. Maffi stößt einen Schreckensschrei aus und auch du bist entsetzt, denn du erkennst, dass der Kampf so gut wie entschieden ist.

➢ Weiter → 219

218

„Ich kenne jemanden, der noch viel stärker und mutiger ist als du, Zoff. Und gleichzeitig ist er mindestens genauso nett wie Gandi. Er ist es, der als euer neuer Anführer eure Clans wieder vereinen wird."

„Ach ja?", ruft Zoff. „Und wer soll das sein?"

Was antwortest du?

➢ „Ich!" → 47

➢ „Gandi!" → 7

➢ „Pixel!" → 312

219

Pixel blickt das Schwert an, das ihm aus der Hand gefallen ist, dann Zoff, der zu einem letzten, tödlichen Streich ausholt. Sein eines Auge glüht plötzlich rot. Er stößt ein wütendes Quieken aus, stürzt sich auf Zoff und drischt mit seinen Fäusten auf ihn ein. Der Anführer der Kampfgrunzer, der sich schon als Sieger wähnte, ist so überrascht, dass er zu spät reagiert. Ein heftiger Kinnhaken von Pixel schickt ihn zu Boden.

„Schon gut, ich gebe auf!", sagt Zoff. „Du hast mich besiegt, obwohl ich ein Schwert hatte und du nicht. Du bist wahrhaft ein großer Kämpfer!" Er rappelt sich auf und verbeugt sich. „Wir Kampfgrunzer akzeptieren dich als unseren neuen Clanführer!"

Maffi, du und die anderen Zombie-Pigmen jubeln. Doch dann tritt Gandi vor.

„Halt, Moment, nicht so schnell!", ruft er. „Du kannst gut kämpfen, aber bevor auch wir Pilzsucher dich als unseren neuen Clanführer akzeptieren, müssen wir erst wissen, ob du auch nett bist!"

➢ Weiter → 213

220

An der Brücke steht Asimov, der Golem. Die Katze Mina sitzt wie immer auf seinem Kopf. Paul springt bellend an dem Golem hoch.

„Aus, du dummes Tier!", ruft Asimov.

Doch Paul kläfft weiter.

„War ja klar, dass nicht mal der Köter auf mich hört!", grummelt der Golem.

➢ Du unterhältst dich mit Asimov → 194

➢ Du gehst an ihm vorbei über die Brücke → 304

➢ Du kehrst um und gehst in Richtung Schlucht → 261

221

Du drückst Pixel das Schwert in die Hand.

„Hier, erledige du das!"

„Was, iiich?", quiekt der Zombie-Pigman. „Aber ich weiß gar nicht, wie man kämpft! Außerdem hab ich Angst vor diesem Ding da!"

Du zuckst mit den Schultern. Alles muss man selber machen!

➢ Weiter → 97

222

„Zoff soll eure beiden Clans vereinen, weil, äh, er so nett ist!", entscheidest du.

Die Kampfgrunzer jubeln, doch die Pilzsucher protestieren.

„Nett?", fragt Gandi ungläubig. „Dieser Stinkgrunzer? Niemals werden die Pilzsucher den da als ihren Führer akzeptieren!"

„Ich geb dir gleich Stinkgrunzer!", ruft Zoff.

➢ Weiter → 207

223

„Ich habe denen gesagt, dass du der neue Anführer der beiden verfeindeten Zombie-Pigmen-Stämme werden sollst", erklärst du. „Alles, was du dafür tun musst, ist Zoff im Kampf besiegen und Gandi beweisen, dass du nett bist. Ein Klacks!"

„Was, iiich?", quiekt Pixel erschrocken. „Aber ... aber ich bin doch viel zu schwach, und ob ich nett bin, weiß ich auch nicht. Oh oh oh, das schaffe ich nie!"

➢ Weiter → 111

Du lieferst dir einen heftigen Kampf mit Haudruff. Als er sich vor Anstrengung grunzend auf dich stürzt und dich mit einem gewaltigen Schlag in zwei Hälften zerteilen will, drehst du dich schnell zur Seite. Sein Schlag geht ins Leere, und du stellst ihm ein Bein. Als er am Boden liegt, hältst du ihm dein Schwert an die Kehle.

„Na, hast du jetzt genug, Schweinebacke?", fragst du.

In diesem Moment kommt ein ganzer Trupp weiterer Zombie-Pigmen in die Höhle. Sie sind hoffnungslos in der Überzahl.

➢ Weiter → 188

„Sag ihm halt irgendwas, was du an ihm schön findest", raunst du Pixel zu.

Der schaut ratlos Gandi an. „Äh, also, deine Haut, die ist so schön vermodert, und die Knochen, die überall rausgucken, die sind ... echt irgendwie gruselig, und dass dein eines Auge fehlt, das lässt dich so richtig schrecklich aussehen."

Gandi quiekt vor Freude. „So etwas Nettes hat noch nie jemand zu mir gesagt!", grunzt er.

➢ Weiter → 138

„Ach was, uns sieht schon keiner!", sagst du.

Maffi und Pixel sind skeptisch, doch sie folgen dir.

Ihr geht Richtung Norden, um einen Bogen um das Dorf zu machen, als du die schrille Stimme deiner Mutter hörst: „Nano! Da bist du ja! Komm jetzt sofort nach Hause!"

Pixel läuft in Panik davon. Du würdest ihm am liebsten folgen, aber du bekommst auch so schon genug Ärger – und drei Tage Stubenarrest.

Dein Abenteuer ist hier zu Ende. Wenn du willst, kannst du ausprobieren, was passiert wäre, wenn du dich anders entschieden hättest.

➤ Zurück zum Anfang von Kapitel 3 → 105

Du greifst entnervt ins Regal und ziehst zufällig ein Buch heraus. Du traust deinen Augen kaum, als du den Titel siehst: „Die Geheimnisse des Nethers und wie man dorthin kommt".

Stolz läufst du mit deiner Beute zurück zur Wiese neben der Schlucht.

➤ Weiter → 119

Du findest Kochbücher, Bücher über das Schmiedehandwerk, Bücher über Bäume und Tiere und Monster, aber kein Buch über den Nether.

➤ Du suchst weiter → 108

➤ Du gibst auf und fragst Nimrod → 258

„Mein Freund Pixel wird eure beiden Clans friedlich vereinen!", rufst du.

„Ach ja, wird er das?", fragt Zoff höhnisch. „Aber nur, wenn er ein starker Kämpfer ist!"

„Aber er muss auch nett sein!", wirft Gandi ein. „Sonst werden die Pilzsucher ihn nicht akzeptieren."

„Na schön", sagt Zoff. „Wir werden gleich sehen, aus welchem Netherrack dein Freund gehauen ist! Holt unsere beiden Gefan..., äh, Gäste her!"

Zwei Kampfgrunzer machen sich auf den Weg.

➤ Weiter → 236

Mit lautem Gebrüll und gezogenem Schwert stürmst du in die Höhle. Im Inneren triffst du auf ein Dutzend Zombie-Pigmen, darunter auch mehrere kleine Kinder. Sie waren offenbar gerade dabei, eine Schale Pilzsuppe herumzureichen. Nun sehen sie dich erschrocken an.

„Nun mal halblang, Fremder", sagt einer der Zombie-Pigmen. „Wieso machst du so ein Gebrüll? Wir sind friedliche Pilzsucher. Komm, setz dich zu uns und erzähl uns, warum du hier bist!"

➤ Du steckst dein Schwert weg und folgst der Aufforderung → 234

➤ Du greifst den Zombie-Pigman trotzdem an → 249

231

„Es muss endlich Frieden zwischen euren Clans herrschen", sagst du mit Inbrunst. „Hört auf mit dem Kämpfen! Legt die Waffen nieder und umarmt eure Brüder!"

Einen Moment lang herrscht gespannte Stille. Dann brechen die Kampfgrunzer in Gelächter aus.

„Du hast wohl zu viel Pilzsuppe gegessen!", ruft Zoff.

Was antwortest du?

➤ „Ich habe einen Traum" → 141

➤ „Wenn dich jemand auf die rechte Backe schlägt, dann halte auch die linke hin" → 186

➤ „Ich kenne jemanden, der stärker und mutiger ist als du, Zoff!" → 218

232

„Sehr gut, mein Sohn!", lobt Papa. „Lesen bildet! Frag am besten Nimrod, er kann dir bestimmt ein spannendes Buch empfehlen. Und jetzt lass uns beide in Ruhe, ich muss etwas mit Onkel Kolle besprechen."

➢ Du fragst Nimrod nach einem Buch → 258

➢ Du suchst selbst in den Bücheregalen → 108

233

„Das sieht aus wie ein fliegender Tintenfisch", sagst du.

„Tintenfische können nicht fliegen", widerspricht Maffi.

„Und außerdem sind sie nicht so groß, und ... Hilfe!"

Das seltsame Wesen stößt ein schrilles Geräusch aus und schießt einen Feuerball auf dich ab.

Du musst dich schnell entscheiden, was du tust.

➢ Du springst zur Seite → 64

➢ Du versuchst, den Feuerball mit dem Schwert abzuwehren → 172

234

Du setzt dich zu den anderen auf den Höhlenboden und erzählst die ganze Geschichte: Wie Pixel aus einem Ferkel entstanden ist, wie ihr beschlossen habt, ihn in den Nether zu bringen, wie ihr es schließlich geschafft habt, das Portal zu bauen, und eure Abenteuer hier im Nether.

„Und dieser blöde Zott will jetzt, dass ich ihm den Kopf von eurem Anführer bringe. Und wenn ich das nicht mache, tötet er meine Freunde!", endest du.

Die Zombie-Pigmen nicken. „Das ist eine sehr aufregende Geschichte", sagt einer von ihnen. „Ich bin übrigens Gandi, derjenige, dessen Kopf du Zoff bringen sollst."

Irgendwie erscheinen dir die Pilzsucher viel netter zu sein als die Kampfgrunzer.

Was tust du?

➢ Du greifst Gandi an → 21

➢ Du fragst Gandi, warum die Kampfgrunzer so sauer auf ihn sind → 133

➢ Du fragst Gandi, was du tun sollst → 306

235

Angeschlagen, wie du bist, versuchst du, dich dem fliegenden Monster in den Weg zu stellen.

Würfle einmal. Wie lautet das Ergebnis?

➢ Sechs → 159

➢ Fünf oder weniger → 251

236

Kurz darauf kehren die beiden Kampfgrunzer in Begleitung von Maffi und Pixel zurück.

„Der da soll also stärker sein als ich!", sagt Zoff verächtlich.

„Und besonders nett sieht er auch nicht aus", meckert Gandi.

„Was? Wie? Wer?", fragt Pixel verdutzt.

Was sagst du ihm?

➤ „Ich habe denen gesagt, dass du mutig, stark und nett bist."
→ 331

➤ „Ich möchte, dass du Anführer der Zombie-Pigmen wirst."
→ 223

➤ „Ich weiß nicht, wovon die reden." → 281

237

Während Maffi verzweifelt hinter dem verängstigten Ferkel herrennt, läufst du rasch nach Hause. Du trittst durch die Tür, froh, dass du im Trockenen bist. „Gut, dass du kommst", sagt Mama. „Das Essen ist gleich fertig. Setz dich schon mal an den Tisch."

Der Rest des Tages verläuft langweilig. Du fragst dich, was passiert wäre, wenn du dich anders entschieden hättest ...

Dein Abenteuer ist nun zu Ende.

➤ Noch mal von vorn anfangen → 1

238

Vielleicht war es doch nicht so eine gute Idee, ohne Waffe in einer dunklen Höhle herumzuschleichen. Du bist froh, als du wieder ins Tageslicht trittst. Doch als du zum Teich zurückkehrst, hast du immer noch keinen Knochen für Paul.

➤ Du gehst zu Hakun, dem Fleischer → 214

➤ Du wirfst stattdessen ein Stöckchen → 134

➤ Du versuchst, Paul irgendwo einzusperren → 145

Du bindest die Karotte an die Angel und hältst sie dem Ferkel vor die Nase. Es schnüffelt daran und quiekt erfreut. Langsam ziehst du die Angel zurück. Pixel folgt der Karotte. Auf diese Weise gelingt es dir, ihn zu euch zu locken.

„Hurra!", ruft Maffi und schließt das Ferkel glücklich in die Arme. Pixel quiekt zufrieden.

In diesem Moment blitzt es, und kurz darauf erklingt ein lauter Donner.

➤ Weiter → 56

240

„Ich bin Nano von der Oberwelt", sagst du. „Das da sind Maffi und Pixel. Wir kommen in Frieden."

„Ha! Frieden, dass ich nicht lachgrunze!", ruft der Zombie-Pigman. „Du hast Haudruff, einen unserer stärksten Krieger, besiegt. Dafür gebührt dir unser Respekt!" Er verneigt sich vor dir. „Ich bin übrigens Zoff, der Clanälteste der Kampfgrunzer, des stärksten Clans in den Feuerhöhlen."

➤ Weiter → 177

241

„Der Trank macht dich unbesiegbar!", sagst du.

„Echt jetzt?", fragt Pixel.

„Ja. Die mächtige Hexe Ruuna hat ihn gebraut. Damit verhaust du jeden anderen Zombie-Pigman ohne Probleme!"

Pixel schnüffelt an der Flasche, dann trinkt er sie in einem Zug aus.

„Ich merke nichts", sagt er.

„Hau mir eine runter!", forderst du deinen Freund auf.

„Na gut", sagt Pixel und verpasst dir eine Ohrfeige. Du machst einen Satz zur Seite und tust so, als hätte dich die Wucht seines Schlages durch die Luft geschleudert. Die Zombie-Pigmen grunzen erschrocken.

„Wow!", ruft Maffi. „Du bist ja jetzt superstark, Pixel!"

„Bin ich das?", fragt dein Freund unsicher. Doch dann macht er ein grimmiges Gesicht. „Na gut! Auf in den Kampf!"

➢ Weiter → 217

242

„Mein Freund Pixel könnte euer Clanführer werden", schlägst du vor. „Er ist sehr nett, und stark ist er auch, glaube ich jedenfalls. Vor allem ist er ein Zombie-Pigman wie ihr, und er wünscht sich nichts sehnlicher, als hier bei euch bleiben zu dürfen."

„Hm. Vielleicht ist das eine gute Idee", meint Gandi. „Wenn dein Freund wirklich so nett und so stark ist, wie du sagst, könnte das funktionieren. Vorausgesetzt, er will überhaupt unser Clanführer werden. Also gut, ich werde mit Zoff reden."

Gemeinsam mit Gandi und den anderen Pilzsuchern trittst du aus der Höhle. Die Kampfgrunzer heben ihre Schwerter und johlen wütend, als sie ihre Erzfeinde sehen.

„Wieso hast du dem feigen Gandi nicht den Kopf abge-schlagen?", ruft Zoff.

Was antwortest du?

➤ „Es muss endlich Frieden zwischen euren Clans herrschen" → 231

➤ „Ich habe einen Traum" → 141

➤ „Wenn dich jemand auf die rechte Backe schlägt, dann halte auch die linke hin" → 186

➤ „Ich kenne jemanden, der stärker und mutiger ist als du, Zoff!" → 218

243

„Wenn du unbedingt da reinspringen willst, mach das", rufst du sarkastisch. „Ich verzichte dankend."

„Nein, tu das nicht!", ruft Maffi entsetzt.

„Warum denn nicht?", will Pixel wissen. „Das sieht doch recht kuschelig aus."

„Du wirst verbrennen, wenn du da reinspringst!"

„Glaub ich nicht", sagt der Zombie-Pigman und springt in den Teich.

Maffi schreit vor Entsetzen, und auch du bist vor Schreck wie gelähmt. Doch Pixel geht nicht in Flammen auf. Stattdessen plantscht er fröhlich im Teich herum, als sei der nicht mit Lava, sondern mit lauwarmem Badewasser gefüllt.

„Es ist toll hier drin, wirklich!", ruft er begeistert. „Kommt doch auch rein!"

➢ Du springst auch in den Lavateich → 282

➢ Du wartest, bis Pixel sein Lavabad beendet hat → 23

244

„Vielleicht könntest du einfach bei uns im Dorf bleiben", schlägst du vor.

Maffi guckt skeptisch. „Glaubst du etwa, Magolus erlaubt das? Er wollte schon meinen Vater aus dem Dorf werfen, bloß weil der von einem Nachtwandler gebissen wurde und seitdem manchmal Wutanfälle bekommt. Was denkst du, was er sagt, wenn du ihn fragst, ob ein Monster aus dem Nether bei uns im Dorf wohnen darf?"

„Okay, du hast recht", gibst du zu.

„Außerdem ist es hier ziemlich kalt", meldet sich Pixel zu Wort, „und ich würde lieber bei Leuten wohnen, die nicht so ... hässlich sind wie ihr. Ehrlich gesagt macht ihr beide mir ein bisschen Angst."

„Hässlich? Wir?!?", fragst du entgeistert.

„Na ja, ist wohl Ansichtssache", meint Pixel.

➢ „Na gut, wir bringen dich in den Nether" → 297

➢ „Tut mir leid, aber wir können dir nicht helfen. In den Nether zu gehen ist viel zu gefährlich." → 204

„Wer ist hier hässlich?", fragst du.

„Na, du natürlich", gibt der Zombie-Pigman zurück.

Was tust du?

➢ Du greifst den Zombie-Pigman an → 269

➢ Du versuchst, zu fliehen → 263

➢ Du behauptest, ihr wäret bloß harmlose Pilzsuche → 87

Der Kampf wogt hin und her. Mal scheint Gandi die Oberhand zu haben, mal wird er von dem wütenden Zoff zurückgedrängt. Doch keinem der beiden gelingt es, einen entscheidenden Schlag zu führen.

Würfle noch einmal. Wie lautet das Ergebnis?

➢ Fünf oder weniger → 58

➢ Sechs → 149

Kapitel 6: Die Pilzsucher

Zoff und ein Trupp der Zombie-Pigmen führen dich über enge Pfade und steile Abhänge bis zu einem tiefer gelegenen Plateau. Mehrere Lavafälle stürzen von oben herab in ein glutrotes Meer tief unter dir.

„Da hinten ist die Höhle der feigen Pilzsucher!", grunzt Zoff. „Denk dran: Entweder, du bringst uns den Kopf ihres

Anführers Gandi, oder deine Freunde werden dem Feuergott geopfert!"

Vorsichtig näherst du dich der Höhle, während dich die Zombie-Pigmen aus sicherer Entfernung beobachten.

Was tust du?

➤ Du stürmst mit gezogenem Schwert und lautem Gebrüll in die Höhle → 230

➤ Du betrittst vorsichtig den Höhleneingang → 14

➤ Du wartest lieber erst einmal ab → 75

248

Als du mit Paul die Bibliothek betrittst, steht Maffis Großvater Nimrod, der Bibliothekar, wie üblich inmitten eines Chaos aus Bücherstapeln, die Nase in ein Buch gesteckt.

„Kann ich Paul eine Weile hierlassen?", fragst du.

„Ja, ja", antwortet Nimrod geistesabwesend. „Stell ihn da drüben ins Regal. Aber bring nichts durcheinander. Und jetzt geh und stör mich nicht!"

Paul wirft dir einen fragenden Blick zu. Du tätschelst ihn sanft. „Keine Angst, ich bin bald wieder zurück. Sei schön brav!"

„Wuff!", macht Paul.

„Wuff?", fragt Nimrod. „Nein, ein Buch mit diesem Titel habe ich leider nicht."

Bevor er es sich anders überlegt, verlässt du die Bibliothek und kehrst zum Teich zurück, um Maffi zu helfen, das verängstigte Schweinchen zu retten.

➢ Weiter → 98

249

Du ignorierst das Friedensangebot und greifst den Anführer der Pilzsucher an. Im Nu packen dich die anderen Pigmen von allen Seiten, entreißen dir das Schwert und werfen dich aus ihrer Höhle.

„Und, wo ist der Kopf von Gandi?", fragt Zoff, als du kleinlaut zu ihm zurückkehrst.

„Tut mir leid, aber ich ... ich konnte nicht ..."

Die Kampfgrunzer zerren dich zurück zu ihrer Höhle, wo Maffi und Pixel angstvoll auf deine Rückkehr warten. „Opfert die Fremden!", ruft Zoff.

➢ Weiter → 330

250

„Du wirst es im Nether bestimmt toll finden", sagst du zu Pixel. „Aber wir beide finden es nun mal hier in der Oberwelt besser. Ich wünsche dir viel Spaß!"

Pixel umarmt euch beide und dankt euch für die Hilfe. Du schenkst ihm zum Abschied das Schwert, damit er sich gegen die Monster des Nethers verteidigen kann. Noch einmal winkt er euch zu, dann tritt er durch das Tor und verschwindet in einer Wolke violetter Funken.

Zusammen mit Maffi kehrst du ins Dorf zurück, zufrieden damit, dass du eurem Freund geholfen hast, in seine neue Heimat zu gelangen. Aber du fragst dich auch, wie es gewesen wäre, ihn dorthin zu begleiten.

Dein Abenteuer ist hier zu Ende. Wenn du willst, kannst du herausfinden, was passiert wäre, wenn du dich anders entschieden hättest.

➢ Zurück zum Anfang des Kapitels → 296

251

Ein weiteres Mal schießt das Monster eine Feuerkugel auf dich ab. Du versuchst, sie mit dem Schwert abzuwehren, doch das gelingt dir nicht. Durch die Explosion wirst du so schwer verletzt, dass dich Pixel und Maffi nur mit Mühe lebend zurück zum Netherportal schleppen können.

Dein Abenteuer ist hier zu Ende. Wenn du willst, kannst du ausprobieren, was passiert wäre, wenn du dich anders entschieden hättest.

➢ Zurück zum Anfang des Kapitels → 140

„Wir spielen verstecken, Jarga", erklärst du. „Maffi ist dran mit suchen."

„Maffi hab ich vorhin auf der Wiese neben der Schlucht gesehen", erwidert die Schäferin. „Die findet dich hier bestimmt nicht." Sie kichert. „Dann noch viel Spaß!"

Damit verschwindet sie, und du kannst dich weiter auf die Rückseite des Hauses schleichen.

➤ Weiter → 321

„Es war einmal ein niedliches kleines Ferkel", erzählst du. „Das spielte auf einer Wiese. Da kam plötzlich der große böse Wolf und hat es so erschreckt, dass es ins Wasser gesprungen ist und sich in einer Höhle versteckt hat, aus der es sich nicht mehr heraustraute. Aber das kleine Ferkel liebte Karotten, und so haben Maffi und ich es aus der Höhle gelockt. Doch dann kam ein Gewitter, und der Blitz hat in das Ferkel eingeschlagen, so dass es plötzlich nicht mehr klein und niedlich war, sondern ..."

Du bemerkst auf einmal die kritischen Blicke der anderen Zombie-Pigmen. Wie setzt du den Satz fort?

➤ „... sondern groß und hässlich." → 187

➤ „... sondern groß und schlau und stark und freundlich."
→ 107

➤ „... sondern supergroß und ultraschlau und megastark und sagenhaft freundlich." → 88

Du ziehst dein Schwert und stellst dich dem heranhüpfenden Würfel zum Kampf. Doch je näher er kommt, desto größer erscheint er dir. Wie sollst du so ein riesiges Ungeheuer mit deinem kümmerlichen Schwert bekämpfen?

Was tust du?

➢ Du versuchst trotzdem, das Wesen in Stücke zu hauen → 157

➢ Du ergreifst lieber die Flucht → 30

➢ Du rennst in Richtung der Klippe → 162

„Ihr lasst mich doch nicht wieder allein?", fragt Pixel.

„Geh du die Sachen für das Netherportal besorgen, ich bleibe hier bei Pixel und passe auf ihn auf", schlägt Maffi vor.

Das ist ja wieder mal typisch – sie macht es sich hier in der Höhle gemütlich, während du die ganze Arbeit machen musst. Doch du stimmst zu, denn immerhin bist du älter als Maffi und ein Junge und ein echter Krähenfuß, und echte Krähenfüße kriegen alles hin!

➢ Weiter → 26

Soll doch der Wolf dem rosa Ding ruhig einen kleinen Schreck einjagen, denkst du. Paul stürzt sich auf das Ferkel, das laut quiekend davonläuft und in den Teich springt. Der Wolf bleibt am Ufer stehen und bellt, während das kleine Schweinchen ans andere Ufer schwimmt.

➤ Weiter → 19

257

„Wo ... wo bin ich?", fragt die Gestalt. Ihre Stimme klingt wie eine Mischung aus Grunzen, Quieken und menschlicher Sprache.

Verblüfft siehst du Maffi an, die ebenso erstaunt zurückstarrt.

„Das Ding kann sprechen!", ruft sie.

„Welches Ding?", fragt die unheimliche Gestalt.

„Na, du natürlich", erklärst du.

„Ich bin kein Ding!", widerspricht die Gestalt.

„Was bist du dann?"

„Ich ... weiß es nicht", gibt die Gestalt zu. „Ich kann mich an nichts erinnern."

„Du warst ein kleines, niedliches Ferkel", erklärt Maffi. „Doch dann ist der Blitz in dich eingeschlagen, und du bist ... das geworden, was du jetzt bist."

„Ein Zombie-Pigman, glaube ich jedenfalls", ergänzt du. „Ich bin übrigens Nano, und das ist Maffi. Wenn du nichts dagegen hast, dann nennen wir dich Pixel."

„Pixel ... das klingt gut!", sagt die Gestalt. Doch dann fährt sie traurig fort: „Ihr ... ihr seht nicht aus wie ich."

„Das liegt daran, dass wir keine Zombie-Pigmen sind", erklärst du.

„Gibt es denn noch mehr Zombie-Pigmen?"

Was antwortest du?

➤ „Ja, aber die anderen leben im Nether." → 125

➤ „Nein, du bist der Einzige deiner Art." → 260

258

Du gehst zu Maffis Großvater, dem Bibliothekar, der in einer Ecke sitzt und ein Buch liest. Als du näher kommst, blickt er auf. „Oh, ein Kunde!", ruft er erfreut. „Womit kann ich dir helfen?"

➤ „Ich suche ein spannendes Buch" → 117

➤ „Ich suche ein Buch über den Nether" → 270

259

Die riesige Spinne stürzt sich auf dich. Maffi und Pixel quieken vor Entsetzen. Du versuchst, dich zu wehren, doch mit seinen acht Beinen ist dir das Monster hoffnungslos überlegen. Was dann passiert, ist zu gruselig, um hier beschrieben zu werden.

Dein Abenteuer ist hier zu Ende. Wenn du willst, kannst du ausprobieren, was passiert wäre, wenn du dich anders entschieden hättest.

➤ Zurück zum Anfang des Kapitels → 296

„Ich fürchte, du bist der Einzige, der so ist wie du", sagst du.

Pixel blickt traurig, doch Maffi schüttelt energisch den Kopf.

„Blödsinn! Du hast doch gerade selber gesagt, dass Pixel ein Zombie-Pigman ist und dass die im Nether leben!"

„Ja, schon", erwiderst du. „Aber ich meinte, äh, Pixel ist eben anders, genau wie ich anders bin als alle anderen Dorfbewohner."

Pixel blickt verwirrt zwischen euch hin und her.

➢ Weiter → 125

Als du die Wiese nördlich der großen Schlucht erreichst, die dem Dorf am Rand der Schlucht seinen Namen gibt, hörst du in der Nähe ein Quieken und Gelächter.

➢ Du ignorierst das Geräusch und wirfst einen Blick in die Schlucht. → 22

➢ Du gehst dem Geräusch nach. → 109

„Leicht wird das sicher nicht", stimmst du zu. „Aber aufgeben können wir immer noch. Wir sollten wenigstens versuchen, die Sachen zu besorgen, die wir für das Netherportal brauchen."

Maffi nickt anerkennend.

➢ Weiter → 255

„Lasst uns abhauen, schnell!", rufst du Pixel und Maffi zu. Doch als ihr zum Ausgang der Höhle stürmt, kommt euch ein ganzer Trupp weiterer Zombie-Pigmen entgegen. Im Nu haben sie euch überwältigt.

➢ Weiter → 96

Du entdeckst ein Buch mit dem albernen Titel „Würfelwelt" von einem gewissen Karl Olsberg. Du blätterst eine Weile darin, aber das Buch ist blanker Unsinn!

➢ Du suchst weiter → 108

➢ Du fragst lieber Nimrod, den Bibliothekar → 258

„Ich ... ich weiß nicht", antwortest du. „Ich habe so etwas noch nie gesehen. Obwohl ... es erinnert mich an die Geschichten über den Nether, die mein Vater erzählt hat. Dort gab es Wesen, die halb Schweine, halb Nachtwandler waren. Zombie-Pigmen heißen sie, glaube ich. Sie haben meinen Vater gefangengenommen und wollten ihn dem Feuergott opfern oder so."

„Also ist es gefährlich?"

„Ich weiß nicht. Ich finde, es sieht ... eher verängstigt aus."

➢ Weiter → 257

Du überlegst, welches Passwort du selber wählen würdest, wenn du an Porgos Stelle wärst. Nach einem Moment fällt dir eines ein, auf das bestimmt noch niemand gekommen ist, so originell ist es. Du probierst es trotzdem und rufst: „Passwort!"

Asimov stöhnt auf. „Womit hab ich das verdient?", jammert er. „Womit hab ich das bloß verdient?"

„Also ist jetzt Passwort das Passwort, oder was?", fragst du.

„Nein, ist es nicht", sagt Asimov.

➢ Du probierst ein anderes Passwort → 28

➢ Du fragst Asimov nach dem Passwort → 153

„Das Ferkel hört nicht auf dich", stellst du scharfsinnig fest.

„Ach, echt?", fragt Maffi. „Hab ich gar nicht gemerkt. Aber ich bin sicher, du hast eine bessere Idee!"

➢ „Wieso heißt das Ferkel eigentlich Pixel?" → 318

➢ „Am besten, du springst in den Teich und holst es!" → 9

➢ „Vielleicht können wir es irgendwie anlocken." → 316

Du ziehst dein Schwert und machst einen Schritt auf den Zombie-Pigman zu.

„Nun mal langsam, junger Freund!", ruft dieser. „Wir wollen keinen Ärger! Setz dich lieber zu uns und erzähl, warum du hier bist."

Was tust du?

➤ Du greifst an → 249

➤ Du steckst dein Schwert ein und folgst der Aufforderung → 234

269

„Wenn ich mit dir fertig bin, bist du noch hässlicher als jetzt!", rufst du und ziehst dein Schwert.

„Ich wusste doch, dass das unsere Feinde sind!", ruft der Zombie-Pigman namens Haudruff und stellt sich dir mit gezogenem Schwert in den Weg. „Ich werde dich dem Feuergott opfern!"

➤ Weiter → 92

270

„Über den Nether ... Hmmm ... Ja, ich glaub, ich hab da genau das Richtige für dich!"

Nimrod geht zu einem der Regale, zieht zielsicher ein Buch heraus und drückt es dir in die Hand. Der Titel des Buchs lautet „100 leckere Kochrezepte mit Sumpfwasser".

➤ „Ich brauche kein Kochbuch, sondern ein Buch über den Nether!" → 82

➤ Du suchst lieber selber → 108

„Wusste ich doch, dass du ein elender Feigling bist!", ruft Zoff wütend. „Ergreift die drei und opfert sie dem Feuergott!"

➢ Weiter → 330

Du beugst dich über die Kiste, um die Gegenstände herauszunehmen. Im selben Moment leuchten Asimovs Augen rot auf. „Zugriff ohne Passwort untersagt!"

➢ Du versuchst, das Passwort zu erraten → 28

➢ Du redest weiter mit Asimov → 320

„Was denkst du, sollten wir tun, Pixel?", fragst du.

„Also, ich finde, dieser große Würfel sieht niedlich aus!", erwidert der Zombie-Pigman. „Vielleicht möchte er bloß mal gestreichelt werden."

Was tust du?

➢ Du streichelst den hüpfenden Würfel → 10

➢ Du ergreifst lieber die Flucht → 30

Du nimmst die Suppenschale entgegen und nippst daran. Die Suppe schmeckt ein wenig seltsam, aber nicht schlecht. Dir wird plötzlich ein wenig schwindelig, aber gleichzeitig fühlst du dich gut, sehr gut sogar. Du musst sogar ein bisschen kichern, so lustig findest du es auf einmal, dass du hier im Nether in einer Höhle bist und mit Zombie-Pigmen Pilzsuppe trinkst.

➢ Weiter → 234

275

Rasch läufst du zur Höhle unter dem Dorf, deren Eingang sich in der Nähe des Flusses befindet, wobei du darauf achtest, dass dich kein Erwachsener sieht. Als du in die Dunkelheit trittst, wird dir ein wenig mulmig. Obwohl der vordere Teil der Höhle mit Fackeln erhellt ist, ist es ziemlich unheimlich hier drin.

Plötzlich hörst du in der Nähe ein verdächtiges Klappern. Ein Knochenmann! Knochen hat er jede Menge bei sich, aber auch einen Bogen, und du bist unbewaffnet.

➢ Du gehst tiefer in die Höhle → 15

➢ Du kehrst um → 238

276

Vielleicht hat Porgo ja den Namen von Mama als Passwort gewählt? Doch als du „Golina" sagst, schnarrt Asimov nur: „Leider falsch!"

➢ Du versuchst ein anderes Passwort → 28

➢ Du fragst Asimov nach dem Passwort → 153

„Du bist kein Angsthase und auch kein Schwächling!", widersprichst du. Doch Pixel scheint dir nicht zu glauben. Er steht nur zitternd vor dir und sieht dich mit angstvollen Augen an.

Was sagst du?

➤ „Es ist nicht schlimm, Angst zu haben." → 50

➤ „Wenn du Zoff nicht besiegst, werden wir alle sterben!" → 165

➤ „Mir fällt nichts mehr ein." → 50

„P6r%qkwS09lPZ", sagst du.

„Das ist mal wirklich ein gutes Passwort", sagt Asimov anerkennend. „Schwer zu knacken und dabei leicht zu merken. Leider ist es trotzdem falsch."

➤ Du probierst ein anderes Passwort → 28

➤ Du fragst Asimov nach dem Passwort → 153

„Erzähl ihm von deiner Zeit, als du noch ein niedliches kleines Ferkel warst", schlägst du vor.

Pixel sieht dich skeptisch an. „Aber daran kann ich mich gar nicht erinnern!", sagt er. „Erzähl lieber du ihnen davon!"

Was antwortest du?

➤ „Na gut. Also, das war so ..." → 253

➤ „Nein. Sag ihm einfach, dass er gut aussieht." → 173

„Du hast recht, Pixel, das schaffen wir nie", stimmst du dem Zombie-Pigman zu.

„Ich höre wohl nicht recht!", ruft Maffi. „Ihr wollt aufgeben? Und du willst ein echter Krähenfuß sein? Lass es uns wenigstens versuchen. Aufgeben können wir später immer noch."

Du bist skeptisch, ob das ganze Unterfangen gelingen kann, doch vor Maffi willst du nicht wie ein Angsthase dastehen.

„Na gut. Lass uns die Sachen besorgen, die wir brauchen", sagst du.

➢ Weiter → 255

„Ich habe wirklich keine Ahnung, was die beiden meinen", behauptest du.

„Wenn der da unser Clanführer werden soll, dann muss er erstmal beweisen, wie stark und mutig er ist, und mich im Kampf besiegen!", ruft Zoff.

„Und mich muss er überzeugen, dass er nett genug ist", ergänzt Gandi „Ich kenne ihn ja gar nicht."

„Clanführer? Iiich?", quiekt Pixel erschrocken. „Aber ... aber ... ich weiß doch gar nicht, wie das geht! Ich bin auch kein bisschen stark und mutig, und wer weiß, ob die mich nett finden! Oh oh oh, das schaffe ich nie!"

➢ Weiter → 111

Ernsthaft? Na gut, wenn du unbedingt willst ...

Du springst zu Pixel in den Lavateich, doch anders als der Zombie-Pigman bist du nicht immun gegen die Hitze und verbrennst in einem zischenden Feuerball.

Dein Abenteuer ist hier zu Ende. Wenn du willst, kannst du ausprobieren, was passiert wäre, wenn du dich anders entschieden hättest.

➢ Zurück zum Anfang des Kapitels → 296

283

„Ich möchte daraus einen Bogen basteln", erklärst du.

„Einen Bogen?", fragt Olum entgeistert. „Aus meiner Angel? Und ich soll dann die Fische mit Pfeilen erschießen, oder was? Die armen Tiere! Das wäre doch unmenschlich!"

Unverrichteter Dinge kehrst du zum Teich zurück. Was nun?

➢ Du schlägst vor, die Karotte dem Ferkel zuzuwerfen. → 144

➢ Du suchst im Dorf nach einem geeigneten Gegenstand. → 89

284

Du siehst dich drei Zombie-Pigmen gegenüber. Sie ähneln Pixel wie ein Erdblock dem anderen, doch sie sind mit Schwertern bewaffnet und sehen ziemlich grimmig aus.

„Ergebt euch, Pilzsucher!", ruf einer von ihnen.

„Bist du sicher, dass das Pilzsucher sind, Haudruff?", fragt ein anderer. „Der eine sieht so aus, aber die anderen beiden sind selbst für Pilzsucher ziemlich hässlich!"

Was antwortest du?

➢ „Wir kommen von der Oberwelt" → 131

➢ „Klar sind wir Pilzsucher" → 87

➢ „Wer ist hier hässlich?" → 245

286

„Du hast so wunderbar rosige Haut", sagt Pixel, nachdem du ihm das zugeflüstert hast. „Besonders dort, wo sie noch nicht verfault ist und in Fetzen herabhängt."

„Findest du?", sagt Gandi. „Das ist aber nett von dir, dass du das sagst!"

➢ Weiter → 138

287

„Sag mir das Passwort!", befiehlst du dem Golem.

„Ist das dein Ernst?", fragt Asimov.

„Natürlich ist das mein Ernst!", erwiderst du. „Also, wie lautet es?"

„Dein Befehl, dir das Passwort zu nennen, steht in direktem Widerspruch zu Porgos Befehl, niemandem das Passwort zu verraten. Daher verharre ich jetzt in einer Endlosschleife, während ich darüber nachdenke, was ich tun soll."

Asimovs Augen werden dunkel.

➢ Du nimmst die Gegenstände aus der Truhe → 272

➢ Du redest weiter mit Asimov → 320

288

„Schnell weg hier!", rufst du und rennst zurück zur Höhle, gefolgt von Pixel und Maffi, die dich vorwurfsvoll ansieht.

„Das war aber nicht sehr heldenhaft von dir!", kommentiert sie.

Du zuckst nur mit den Schultern.

➢ Weiter → 122

289

Dummerweise guckt Mama genau in dem Moment aus dem Fenster, als du hineinspähst.

„Nano!", ruft sie von drinnen. „Da bist du ja endlich! Komm schnell rein, das Mittagessen ist fertig!"

➢ Du gehorchst und gehst ins Haus → 99

➢ Du rennst schnell weg → 305

290

So leise du kannst schleichst du über den roten Fels. Als du um eine Biegung spähst, siehst du ein Dutzend Zombie-Pigmen, darunter auch mehrere kleine Kinder. Sie reichen einander eine Schale mit Suppe, die so ähnlich aussieht wie die Pilzsuppe, die deine Mutter immer kocht, aber irgendwie anders riecht, und nehmen jeder einen Schluck davon.

Während du noch überlegst, was du tun sollst, dreht sich einer der Zombie-Pigmen um und sieht dich direkt an.

„Komm ruhig näher, Fremder!"

Verblüfft überlegst du, was du tun sollst.

➢ Du folgst der Aufforderung und näherst dich friedlich → 164

➢ Du ziehst dein Schwert und greifst die Zombie-Pigmen an → 268

➢ Du ergreifst die Flucht → 31

291

„Schon gut, ich bin ja nicht taub", sagt Nimrod. „Warte, ich hab's gleich ... da ... ach nein, das ist ja bloß Notchs geheimes Tagebuch ... Hier, da ist es ja!"

Stolz drückt dir Nimrod ein Buch in die Hand: „Getreideanbau und Ernte. Ein Handbuch für Bauern.".

➢ „Nether! Ich will in den NETHER, zum Nether!!!" → 90

➢ Du suchst lieber selber → 108

292

Ein wenig mulmig ist dir doch, als du das Portal betrachtest.

„Worauf wartet ihr noch?", fragt Pixel. „Lasst uns hindurchgehen!"

„Ich weiß ja nicht", sagt Maffi. „Vielleicht sollten wir Pixel doch lieber allein in den Nether gehen lassen. Schließlich können wir nicht in Lava schwimmen, so wie er."

Was antwortest du?

➤ „Ja, wir sollten Pixel alleine hindurchgehen lassen." → 211

➤ „Nein, wir gehen gemeinsam hindurch." → 293

293

„Wir begleiten Pixel in den Nether!", entscheidest du. „Immerhin könnte es sein, dass er dort unsere Hilfe braucht."

Der Zombie-Pigman freut sich sichtlich, doch Maffi ist skeptisch. Aber schließlich willigt auch sie ein.

Du gehst als erster durch das wabernde Feld. Dir wird schwindelig, und du hast das Gefühl, in einen unendlich tiefen Abgrund zu stürzen ...

➤ Weiter → 140

294

Nördlich der Wiese ist eine Stelle, an der man den Fluss gut überqueren kann. Doch als ihr im Mondschein dorthin wandert, kommt euch eine Gestalt entgegen. Sie stößt ein langgezogenes „Uuungh!" aus.

„Au Weia, ein Nachtwandler!", ruft Maffi. „Was machen wir jetzt?"

- ➢ Du bittest Pixel, gegen den Nachtwandler zu kämpfen → 221
- ➢ Du bittest Maffi, gegen den Nachtwandler zu kämpfen → 176
- ➢ Du kämpfst selbst gegen den Nachtwandler → 97
- ➢ Du fliehst → 288

295

Du gehst zur Kirche. Drinnen ist Birta, die Gehilfin von Priester Magolus, gerade dabei, den Boden zu wischen.

„Bleib bloß draußen, sonst machst du alles dreckig!"

Du wirfst einen sehnsüchtigen Blick auf den Wischeimer neben ihr. Doch wie du die strenge Birta kennst, wird sie ihn dir bestimmt nicht so einfach geben.

Was nun?

- ➢ Du bittest Birta um den Eimer → 95
- ➢ Du versuchst, Birta mit einem Vorwand aus der Kirche zu locken → 299

296

Kapitel 4: Das Nether-Portal

„Da bist du ja!", sagt Maffi, als du die Erdhöhle betrittst, in der sich Pixel versteckt hält. „Hast du die Sachen, die wir brauchen?"

„Ja, hier." Stolz legst du den Eimer, die Diamantenspitzhacke, das Feuerzeug und das Schwert auf den Boden.

„Wow!", ruft Maffi anerkennend. „Das hätte ich dir gar nicht zugetraut!"

„Dann können wir jetzt in den Nether gehen?", fragt Pixel hoffnungsvoll.

Was antwortest du?

➤ „Ja, lasst uns gleich aufbrechen." → 36

➤ „Nein, wir warten besser die Nacht ab." → 11

297

„Das ist sehr nett von euch!", freut sich Pixel. „Lasst uns gleich losgehen!"

„Ähm, Moment", erwiderst du. „So einfach ist das nicht. Ich, äh, weiß gar nicht genau, wo der Nether eigentlich ist."

Pixel blickt traurig drein, was ein bisschen gruselig aussieht, weil sein Gesicht halb verwest ist.

„Schade", sagt er mit hängendem Kopf.

„Kein Problem, wir müssen einfach nur rausfinden, wie man in den Nether kommt", meint Maffi. „Ich weiß was: Einer von uns geht in die Bibliothek zu meinem Großvater und sucht ein Buch über den Nether. Der andere sucht inzwischen ein Versteck für Pixel, damit er in der Nacht nicht von Monstern angegriffen wird."

➤ Du gehst in die Bibliothek → 319

➤ Du suchst ein Versteck für Pixel → 166

Verbissen wehrst du dich gegen die Angriffe des Zombie-Pigmans, doch er erweist sich als stärker. Schließlich schlägt er dir das Schwert aus der Hand. Die übrigen Zombie-Pigmen packen euch und schleifen euch zu einem feurigen Abgrund, in dem sie euch ihrem Feuergott opfern.

Dein Abenteuer ist hier zu Ende. Wenn du willst, kannst du ausprobieren, was passiert wäre, wenn du dich anders entschieden hättest.

➢ Zurück zum Anfang des Kapitels → 140

299

„Ach, übrigens, Birta", sagst du.

„Ja?", erwidert sie.

➢ „Magolus will dich sprechen!" → 139

➢ „Ich glaube, draußen ist ein Knallschleicher!" → 147

➢ „Ich finde, es ist hier schon sauber genug." → 143

300

„Den Trank hat die Hexe Ruuna gebraut und ihn Maffi geschenkt", erklärst du. „Tante Ruunas Tränke haben meistens lustige Effekte. Hin und wieder explodieren sie auch. Was dieser hier bewirkt, weiß ich leider nicht."

„Ich soll einen Trank trinken, von dem du nicht weißt, was er bewirkt?", fragt Pixel. „Spinnst du?"

Was antwortest du?

➢ „Es ist unsere einzige Chance!" → 308

➢ „Das war nur ein Scherz. Das ist ein Unbesiegbarkeitstrank!"
→ 241

301

Du klopfst an Birtas Haustür. Nach einem Moment öffnet sie und blickt dich misstrauisch an.

„Du! Was hast du schon wieder für einen Unsinn vor?"

„Ich? Ich mache nie Unsinn!", behauptest du. „Ich suche nur nach einem länglichen Gegenstand, an dem man eine Karotte festbinden kann, um damit ein Schwein anzulocken, das ..."

Während du redest, verfinstert sich Birtas Miene immer mehr. Du merkst, dass sie dir bestimmt nicht helfen wird.

„Schon gut, Birta. Ich versuch es woanders."

➢ Weiter → 89

302

„Es ist gar nicht schlimm, Angst zu haben", behauptest du. „Wer keine Angst hat, ist ein Dummkopf. Nur, wer seine Angst überwindet, ist mutig."

„Und wer seine Angst nicht überwindet, was ist der?", fragt Pixel.

„Ein Feigling", antwortest du genervt.

„Siehst du, ich sag doch, ich bin ein Feigling! Ich kann niemals die beiden Clans führen!"

- ➤ „Du bist kein Feigling!" → 277
- ➤ „Diesen Schwächling Zoff besiegst du doch mit Links!" → 16
- ➤ „Mir fällt nichts mehr ein." → 50
- ➤ „Wenn du es nicht tust, werden wir alle sterben." → 165

303

Plötzlich schießt aus der Dunkelheit ein Pfeil heran und trifft dich am Arm. Du schreist unwillkürlich vor Schmerzen auf. In blinder Panik fliehst du vor dem Knochenmann, der weiter Pfeile nach dir schießt. Mit knapper Not kannst du aus der Höhle entkommen. Doch dein Arm tut höllisch weh. Verletzt, wie du bist, bleibt dir nichts anderes übrig, als nach Hause zurückzukehren.

Während deine Mutter den Pfeil aus deinem Arm zieht und die Wunde verbindet, fragst du dich, was noch alles hätte passieren können, wenn du dich anders entschieden hättest ...

Dein Abenteuer ist nun zuende.
- ➤ Noch einmal von vorn beginnen → 1

„Halt, wo willst du denn hin?", fragt Asimov und versperrt dir den Weg. „Du weißt doch, dass du den Fluss nicht ohne Erlaubnis deiner Eltern überqueren darfst!"

Dir bleibt nichts anderes übrig, als umzukehren und mit Paul bei der Schlucht zu spielen.

➤ Weiter → 261

Du machst, dass du wegkommst. Rasch biegst du um eine Häuserecke.

Du hörst deine Mutter rufen: „Nano! Wo bist du denn schon wieder? Na warte, du ungezogener Bengel, wenn du nach Hause kommst!"

Du lässt dich besser nicht mehr so schnell hier blicken. Also versuchst du dein Glück lieber in der Kirche.

➤ Weiter → 295

„Was soll ich jetzt machen?", fragst du. „Ich will dir nicht den Kopf abschlagen, Gandi, aber ich muss doch meine Freunde retten."

„Dieser blöde Zoff!", schimpft Gandi. „Dauernd muss er sich rumprügeln! Das ist der Grund, weshalb wir Pilzsucher uns von den Kampfgrunzern getrennt haben, weißt du. Vor langer Zeit wurde unsere Anführerin, die weise Teresa, von einem

Witherskelett getötet. Es gab Streit darum, wer der neue Anführer sein sollte. Zoff forderte mich zum Kampf heraus und sagte, wer gewinne, der solle neuer Clanführer sein. Doch ich hatte keine Lust dazu. Also bin ich fortgegangen, und ein paar andere sind mit mir gekommen. Seitdem behauptet Zoff, wir seien Feiglinge, bloß, weil wir uns nicht mit ihm schlagen wollen."

Was antwortest du?

➢ „Warum willst du nicht gegen Zoff kämpfen?" → 124

➢ „Warum akzeptierst du nicht Zoff als euren Anführer?" → 178

➢ „Könnte nicht jemand anderes euer gemeinsamer Anführer sein?" → 136

307

„Paul, aus!", rufst du. Doch der Wolf hört nicht auf dich. Er stürzt sich auf das Ferkel, das laut quiekend davonläuft und in den Teich springt. Paul bleibt am Ufer stehen und bellt, während das kleine Schweinchen ans andere Ufer schwimmt.

➢ Weiter → 19

308

„Nun mach schon!", drängst du. „Es ist unsere einzige Chance."

Pixel trinkt den Trank zögernd aus, doch es geschieht nichts.

„Der bewirkt absolut gar nichts!", stellt er fest.

Mutlos weigert sich Pixel, gegen Zoff zu kämpfen.

➢ Weiter → 174

„Bleib du hier drin", sagst du zu Pixel. „Ich versuche, mit Maffi einen Weg in den Nether zu finden."

„Und du bist sicher, dass nicht noch einmal so ein Monster kommt und mich fressen will?", fragt Pixel ängstlich.

„Keine Angst", sagst du. „Hühner sind wirklich vollkommen harmlos. Ich bin bald zurück."

Du verlässt seinen Unterschlupf und kehrst zu dem kleinen Teich zurück. Kurz darauf kommt Maffi aus dem Dorf. Sie hält stolz ein Buch in der Hand.

„Sieh mal", ruft sie.

Du liest den Titel des Buchs: „Die Geheimnisse des Nethers und wie man dorthin kommt."

„Hast du ein Versteck für Pixel gefunden?", fragt sie.

„Klar", sagst du und führst sie zu dem Versteck.

➢ Weiter → 105

Du machst dich bereit, dich todesmutig in den Teich zu stürzen, der mindestens einen Block tief ist, wenn nicht sogar noch tiefer! Doch dann zögerst du.

„Und mach nicht wieder deine Kleidung dreckig!", klingt Mamas Stimme in deinem Hinterkopf. Sie regt sich bestimmt auf, wenn du klitschnass nach Hause kommst. Vielleicht solltest du gemeinsam mit Maffi überlegen, ob es nicht einen besseren Weg gibt.

➢ Weiter → 267 ➢ Weiter → 267

311

Der misstrauische Blick deines Vaters macht dich nervös.

„Ich wollte ... ich meine, äh ... der Nether. Den suche ich. Äh, ich meine natürlich ein Buch darüber."

„Warum denn das?", fragt er.

➢ Du erzählst ihm die Wahrheit → 168

➢ „Weil ich später mal dahin möchte, so wie du, Papa!" → 323

➢ Du erzählst ihm die Wahrheit → 168

➢ „Weil ich später mal dahin möchte, so wie du, Papa!" → 323

312

„Mein Freund Pixel ist hundertmal stärker und mutiger als du, Zoff!", rufst du.

„Ach ja, ist das so?", erwidert der Anführer der Kampfgrunzer. „Na, das werden wir ja sehen! Bringt unsere Gefan... äh, ich meine Gäste her!"

Zwei Kampfgrunzer machen sich auf den Weg, um Maffi und Pixel zu holen.

➢ Weiter → 236 ➢ Weiter → 236

Du kletterst den Steilhang hinab und gelangst auf eine langgezogene Ebene, deren rötlicher Stein an einigen Stellen Feuer gefangen hat. Auf der anderen Seite bricht das Gelände abrupt in einer senkrechen Felswand viele Blöcke tief ab – zu steil, um weiter hinunterzuklettern. Dahinter stürzen mehrere Lavaströme von der Decke in die Tiefe.

Ein seltamer, großer schwarzer Block hüpft auf dich zu. Er hat leuchtende Augen, die nicht besonders freundlich aussehen.

Was tust du?

➢ Du ergreifst die Flucht → 30

➢ Du stellst dich dem Monster zum Kampf → 254

➢ Du fragst Maffi, was du tun sollst → 110

➢ Du fragst Pixel, was du tun sollst → 273

„Und was, wenn ich da nicht mitmache?", fragst du.

„Wenn du dich weigerst, dann beweist das, dass du ein elender Feigling bist, genau wie die Pilzsucher. Und Feiglinge opfern wir dem Feuergott!"

Was antwortest du?

➢ „Na gut, ich mach es." → 247

➢ „Kommt gar nicht infrage! Ich mache da nicht mit!" → 271

„Wieso muss ich mich eigentlich verstecken?", fragt Pixel.

„Nachts ist es hier draußen ziemlich gefährlich", antwortest du. „Es gibt riesige Spinnen und Nachtwandler und Knochenmänner, die Pfeile auf dich abschießen, und Knallschleicher, die explodieren, und manchmal sogar Endermen, aber die sind harmlos, solange du ihnen nicht in die Augen siehst."

„Pah, ich habe keine Angst!", behauptet Pixel.

„Solltest du aber", antwortest du. „Auf jeden Fall kannst du hier nicht bleiben, sonst sieht dich noch Birta oder Magolus oder einer von den anderen Dorfbewohnern, und die erschrecken dann vor dir, weil du wie ein Monster aussiehst, und dann vertreiben sie dich."

„Ich glaube, jetzt hab ich doch ein bisschen Angst", gibt Pixel zu.

Du siehst dich um, doch in unmittelbarer Nähe ist kein geeignetes Versteck zu erkennen.

➢ Du suchst auf der Wiese → 200

➢ Du gehst zur Schlucht → 51

➢ Du gehst zum Flussufer → 101

Als du vorschlägst, das Schweinchen mit irgendetwas anzulocken, runzelt Maffi die Stirn und tastet ihre Robe ab.

„Ich hatte doch irgendwo ... ah, hier!"

Sie holt eine Karotte hervor. „Pixel liebt Karotten."

Sie streckt den Arm mit der Karotte aus. Das Ferkel beäugt sie neugierig, bleibt aber, wo es ist.

„Die Karotte ist zu weit weg", stellt sie fest. „Wenn wir sie irgendwie näher an das Ferkel heranbringen könnten ..."

➤ „Wirf ihm die Karotte einfach zu!" → 144

➤ „Warte, ich besorge etwas, woran wir sie festmachen können." → 116

317

„Ein Knallschleicher!", rufst du aufgeregt. „Er explodiert gleich."

„Ein Knallschleicher? Wo?", fragt Asimov.

Du zeigst in Richtung der Schlucht. „Da hinten! Schnell, du musst ihn in die Schlucht werfen!"

„Immer muss ich hier die Drecksarbeit machen!", grummelt der Golem, doch er stakst mit schnellen Schritten davon.

Erleichtert setzt ihr euren Weg fort.

➤ Weiter → 59

318

„Wieso hat das Ferkel eigentlich so einen doofen Namen?", fragst du mit diplomatischem Feingefühl. „Pixel, das passt doch gar nicht zu einem Schwein."

„Das ist überhaupt kein doofer Name!", widerspricht Maffi. „Das Ferkel ist süß, und der Name Pixel ist auch süß, also passt das wohl!"

„Ich finde, es sollte Schweinebacke heißen", schlägst du vor.

„Oder von mir aus Furzi, ha ha ha! Schließlich stinkt es ja auch so!"

„Und du solltest Blödmann heißen!", kontert Maffi. „Statt bloß dumme Sprüche zu klopfen, könntest du lieber mal überlegen, wie wir Pixel da aus der Ecke rausbekommen."

➤ „Am besten, du springst in den Teich und holst es" → 9

➤ „Vielleicht können wir es irgendwie anlocken." → 316

319

„Kümmere du dich um ein Versteck für Pixel", sagst du. „Ich gehe zu deinem Großvater und suche nach einem Buch über den Nether."

„Okay", sagt Maffi. „Aber denk dran, Opa ist manchmal ein bisschen schusselig, und die Bücherregale sind nicht besonders ordentlich."

„Kein Problem, ich krieg das schon hin", erwiderst du. „Wir treffen uns wieder hier."

Damit machst du dich auf den Weg in die Bibliothek. Als du sie betrittst, erschrickst du, denn dein Vater und Kolle sind ebenfalls hier.

„Nanu, Nano!", ruft Papa. „Ich glaube, das ist das erste Mal, dass du freiwillig in die Bibliothek kommst. Was machst du denn hier?"

Was antwortest du?

➤ „Ich suche ein Buch über den Nether" → 311

➢ „Ich suche Maffi" → 81

➢ „Ich suche eine spannende Geschichte" → 232

320

Was willst du Asimov sagen?

➢ „Nenne mir das Passwort!" → 287

➢ „Gib mir die Sachen aus der Kiste!" → 13

321

Du hast Glück: Hinter dem Haus steht der Eimer, den du heute Morgen umgeworfen hast, noch ganz bekleckert von Milch. Rasch greifst du ihn dir und machst dich aus dem Staub.

➢ Weiter → 161

322

Rasch gehst du zu dem Mädchen und rüttelst sie an der Schulter. „Maffi? Maffi, wach auf!"

Ein Stein fällt dir vom Herzen, als sie die Augen aufschlägt.

„Hmwas? Was ... was ist passiert?"

Sie steht auf und sieht sich verwundert um.

„Wo ist Pixel? Und was ... was ist das da?"

Sie zeigt auf eine seltsame Gestalt, die plötzlich auf der Wiese steht. Sie hat eine rosa Haut, jedenfalls an manchen Stellen. An anderen sieht sie grün und verwest aus wie ein Nachtwandler.

„Pixel?", fragt Maffi. „Bei Notch, was ... was ist mit ihm passiert?"

➤ Weiter → 94

323

„Wenn ich, äh, noch größer bin als jetzt schon, dann will ich auch in den Nether, so wie du, Papa!", erklärst du.

Dein Vater und Kolle lachen.

„Au Weia!", meint Kolle. „Ich fürchte, dein Sohn ist ganz der Papa, Primo!"

„Ja, das ist er", sagt dein Vater und tätschelt dir stolz den Kopf. „Nun geh wieder spielen, mein Sohn. Wir beide haben was zu besprechen."

➤ Du fragst Nimrod nach einem Buch → 258

➤ Du suchst selbst in den Bücherregalen → 108

324

„Äh, hallo!", sagst du unsicher.

„Großer Krieger, wir verneigen uns vor dir in Ehrfurcht", grunzt einer der Zombie-Pigmen und verbeugt sich. „Willkommen bei den Kampfgrunzern, dem mächtigsten Clan in allen flammenden Höhlen. Ich bin Zoff, der Clanälteste."

„Freut mich", erwiderst du. „Ich bin Nano, und das sind Maffi und Pixel. Wir kommen von der Oberwelt."

➤ Weiter → 177

„Wir wollten gerade nach Hause gehen", behauptest du.

„Gut", sagt der Golem. „Ich werde dich sicherheitshalber begleiten."

Er eskortiert dich zu eurem Haus, wo du einen Riesenärger mit Mama und drei Tage Stubenarrest bekommst, weil du dich nachts hinausgeschlichen hast.

Dein Abenteuer ist hier zu Ende. Wenn du willst, kannst du ausprobieren, was passiert wäre, wenn du dich anders entschieden hättest.

➢ Zurück zum Anfang des Kapitels → 296

326

„Feiglinge?", rufst du. „Sag das noch mal, Schweinebacke, und ich zeige dir, wer hier ein Feigling ist!"

„Soll das eine Herausforderung zum Zweikampf sein?", fragt Zoff.

Was antwortest du?

➢ „Na klar!" → 76

➢ „Nein, so hab ich das nicht gemeint!" → 146

327

„Schnell! Weg hier!", rufst du und stürmst aus der Höhle. Pixel folgt dir dicht auf den Fersen.

Keuchend bleibt ihr beide vor dem Eingang der Höhle stehen, als aus dem Inneren ein Geräusch ertönt: „Goooaack!"

Kurz darauf kommt auch das vermeintliche Monster zum Vorschein: Ein gewöhnliches Huhn.

„Hilfe!", ruft Pixel. „Das Monster kommt hinter uns her!"

„Vor dem musst du keine Angst haben", beruhigst du ihn.

„Bist du sicher? Ich finde, es sieht ziemlich böse aus."

„Ich bin ganz sicher!"

Zum Beweis scheuchst du das Huhn aus der Höhle und sammelst das Ei auf, das es in der Zwischenzeit gelegt hat. Dann befestigst du eine Fackel an der Wand, und zum Schluss dichtet ihr die Eingänge mit Erde ab, bis nur noch ein schmaler Durchgang übrig bleibt. Der Unterschlupf sieht jetzt richtig gemütlich aus.

➢ Weiter → 309

328

Kurz darauf kommt Pixel aus der Höhle gerannt.

„Da drin ist ein Monster!", ruft er voller Panik. „Es hat böse schwarze Augen und ein schreckliches gelbes Maul!"

Von so einem Monster hast du noch nie gehört. Auch die typischen Monstergeräusche sind nicht zu hören, weder das Stöhnen eines Nachtwandlers noch das Klappern eines Knochenmanns oder das Zischen eines wütenden Knallschleichers.

➢ Du gehst in die Höhle und siehst nach → 121

➢ Du wartest lieber ab → 62

Ihr habt Glück und durchquert das Dorf, ohne dass euch die schlafenden Dorfbewohner bemerken.

➤ Weiter → 59

Die Zombie-Pigmen packen euch und zerren euch zu einem tiefen Abgrund, in dem Lava glüht. Ohne langes Aufhebens stürzen sie euch hinein.

Dein Abenteuer ist hier zu Ende. Wenn du willst, kannst du ausprobieren, was passiert wäre, wenn du dich anders entschieden hättest.

➤ Zurück zum Anfang des Kapitels → 140

„Ich habe denen gesagt, dass du mutig, stark und nett bist", erklärst du.

„Das ist nett von dir", grunzt Pixel. „Aber warum hast du denen das gesagt?"

„Weil ich möchte, dass du der Anführer der Kampfgrunzer und der Pilzsucher wirst", erklärst du. „Das ist ganz leicht: Du musst nur Zoff im Kampf besiegen und Gandi beweisen, dass du nett bist."

„Was, iiich?", quiekt Pixel erschrocken. „Aber ... aber ich bin doch gar nicht mutig und stark! Und ob die mich nett finden, weiß ich auch nicht. Oh oh oh, das schaffe ich nie!"

➢ Weiter → 111

➢ Weiter → 111

332

„Großvater, was ist denn das für ein Ding, was du da machst?", fragst du.

„Das ist eine Diamantenspitzhacke", erklärt Porgo. „Damit kann man selbst die härtesten Materialien abbauen, sogar Obsidian. Ich will sie deinem Papa zum Geburtstag schenken. Aber nicht verraten!"

„Die ist aber schön!", sagst du. „Kannst du mir auch so eine machen?"

Porgo lacht. „Später vielleicht, wenn du groß bist."

Wenn du groß bist, wenn du groß bist ... Alle sagen das immer, obwohl du schon fast ein richtiger Mann bist. Das nervt!

➢ Weiter → 24

➢ Weiter → 24

333

Die Zombie-Pigmen begleiten euch bis zum Netherportal. Dort verabschiedet sich Pixel von euch.

„Kommt mich bald mal besuchen!", bittet er.

„Klar doch, machen wir!", versprichst du. Dann trittst du mit Maffi durch das Portal. Auf der anderen Seite empfangen dich die frische, kühle Luft der Oberwelt und ein strahlend blauer

Himmel. Froh darüber, den stickigen Nether lebend wieder verlassen zu haben, atmest du auf.

Als du euer Haus betrittst, springen deine Eltern erleichtert auf und nehmen dich in den Arm. „Wo warst du bloß, Junge?", fragt deine Mutter. „Wir haben uns solche Sorgen gemacht!"

„Das ist eine lange Geschichte, Mama", sagst du.

„Erzähl ruhig alles noch mal ganz von Anfang an", fordert dich dein Vater auf.

„Die ganze Geschichte?", fragst du.

Er nickt.

„Also, das war so. Mama war sauer auf mich, bloß weil ein Eimer Milch umgefallen ist, als ich mit Paul Fangen gespielt hab, und sie hat uns rausgeschickt, und dann ..."

Während du erzählst, erinnerst du dich an all die Entscheidungen, die du im Laufe deines Abenteuers treffen musstest. Und du fragst dich, was wohl passiert wäre, wenn du dich anders entschieden hättest ...

Glückwunsch! Du hast dein Abenteuer erfolgreich abgeschlossen. Wenn du möchtest, kannst du noch einmal von vorn beginnen und andere Wege ausprobieren.

➢ Noch einmal von vorn anfangen → 1

Hinweise zum Erkunden der Schauplätze dieses Buchs in Minecraft (PC-Version)

Die Schauplätze in diesem Buch lassen sich alle in Minecraft besuchen, wenn du den Seed 100200300400500 eingibst. Die Koordinaten in der folgenden Tabelle können dir dabei helfen. Die Angaben sind ungefähre Werte.

Ort	X	Y	Z
Der Teich	-424	65	-24
Pixels Versteck	-396	68	-66
Das Nether-Portal (Lavateich)	-222	69	66
Die Höhle der Kampfgrunzer (im Nether)	-23	94	-35
Die Höhle der Pilzsucher (im Nether)	-38	61	-104

Ein Dorf wie kein anderes ...

Die Bewohner des Dorfs am Rande der Schlucht haben es nicht leicht: Immer wieder müssen sie sich mit neuen Schwierigkeiten herumschlagen. Besonders Primo und sein Freund Kolle geraten von einem haarsträubenden Abenteuer ins nächste ...

Elf Bände der erfolgreichen Buchreihe in der Welt von Minecraft sind bereits erschienen!

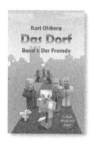   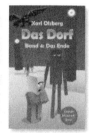

Weitere
Bände in
Vorbereitung

Made in the USA
Monee, IL
14 January 2021